人間のように泣いたのか？

Did She Cry Humanly?

森 博嗣

講談社
タイガ

イラスト——引地 渉
デザイン——鈴木久美

目次

Did She Cry Humanly?

by

MORI Hiroshi

2018

人間のように泣いたのか？

それはほんとうにひどい悪夢だった。真暗な見も知らぬ町で、顔のない人々に追いかけられ、背後では家が燃えさかり、子供たちの悲鳴が聞こえるという悪夢だった。

私はとうとう畑に追いつめられ、黒々した生垣の根もとにあるからからの切り株のあいだに立っていた。どんよりと赤い半月と星が雲間からのぞいている。風は刺すように冷たい。すぐそばに納屋か穀倉のような大きな建物がそそりたっていて、その向こうで火の粉がぱあっと舞いあがるのが見えた。

（The Left Hand of Darkness / Ursula K. Le Guin）

登場人物

ハギリ ---------- 研究者
ウグイ ---------- 局員
キガタ ---------- 局員
アネバネ ---------- 局員
シモダ ---------- 局長
タナカ ---------- 研究者
ヴォッシュ ---------- 科学者
ペィシェンス ---------- 助手
ドレクスラ ---------- 所長
ヴァウェンサ ---------- 研究者
リョウ ---------- 生物学者
シマモト ---------- 研究者
アカマ ---------- 研究者
デボラ ---------- トランスファ
アミラ ---------- 人工知能
オーロラ ---------- 人工知能

プロローグ

自分の生活が規則正しいと認識したのは、三十年ほどまえのことだった。このときには、我ながら驚いた。まるで時計に仕込まれた鳩《はと》のようではないか、と。

物心ついた頃からずっとそうだったわけではなく、やはり、今の職業に就《つ》いたことで自然に導かれた結果だと思われる。規則正しく生きようなどと考えたことは、一度だってない。正直に言えば、規則正しいことになんの価値があるのかもわからないし、これを「正しい」という日本語で表現することにも、若干《じゃっかん》の抵抗を感じる。

暇を持て余すようなことが苦手なので、おおかた常に時間に追われている。追ってくるのも、自分が決めた習慣という時間割であって、他者に強《し》いられているわけではない。この点だけが、僕の小さな誇りだ。

それでも、物事の理屈が比較的一貫している状況、すなわち理路整然としている様には、一種の憧《あこが》れがあるためか、時間に同調した繰返《くりかえ》しを自分が機械のように成し遂げていることには、素朴な満足を感じている。これもたぶん、この職業に就いた者が自然に抱く感覚かもしれない。研究という仕事が、途方もなく不規則であり、何一つ前進しない長い時間と、突然やってくるインスピレーションによる飛躍で、壊れた玩具《おもちゃ》みたいなちぐはぐな進みしかしないため、せめて自分の生活くらいは等速度運動であってほしい、という願望が生まれるのだろう。

自然界には、さまざまな不思議が存在する。それは、人間だけが感じるものだ。人間が作った理屈というルールに適合しないものを、不思議という。人間のルールとは、等速度運動のように希望的かつ単純だ。それは、なにものにも支配されない空間でしか実現しない。地球上の現実は、複雑さに汚《よご》れている。

熱心に探究していくうちに、これまでの理論で説明がついたり、そうでなくても新たな理屈が作られたりして、最終的には理論が成立する。ようするに、整然となる。そこでようやく、人間は少しだけ納得し、ほっと安堵《あんど》する。僅《わず》かな単純性を見出《みいだ》し、複雑性からの一時的な解放感を抱くのだ。だが、このような気持ちになることこそが、非常に不思議であり、なによりも不自然だ。

日本のキョートで、人工生命と人工知能に関する国際会議が開かれることになり、僕はその実行委員にさせられた。実行委員というのは、何を実行するのかよくわからないが、昔からこの名称のまま受け継がれている役目で、別の表現でいえば、幹事あるいは下働きのスタッフのことである。会場の設定や、参加者の宿泊、警備、必要機器の準備などを考えて、誰かに指示する。この時代になっても、そういうものが人間の仕事として存在することが、社会の不完全性を象徴しているだろう。しかし、いたしかたがない。とにかく、不完全なものには必ず、「伝統」とか「申合わせ事項」という名の理由がつき纏《まと》い、時の流れによって補強されていくのである。

情報局に籍を置く同僚のタナカも、これに駆り出されていた。彼は、もともと学会に身を置いた経験がなく、僕よりもはるかに多く、この仕事の無意味さをぼやいていたので、僕はどちらかというと、彼を慰める役目に回らざるをえなかった。

「そもそも、参加者がみんな人間じゃないですか」タナカが僕に言った。「どうして、人間以外の生命、人間以外の知能を招かないんですかね?」

「さあ……、まあ、たぶん、ずっとそういう伝統でやってきたんじゃないでしょうか?」僕は答える。「こういった研究をしているのは、たいてい人間の研究者だということかもしれませんし……。あと、人工知能には、研究者は基本的にいませんよね。どこかの組織に属しているシンクタンクしかない」

「オーロラは、研究者でしょう?」タナカが言う。「彼女を招待しないのは、変だと思いませんか?」

「まあ、あまりにも、その、最近のことで、まだしっかりとオーロラのことが世界に認知されていないからですよ」

「認めるのに時間がかかるのも、非常に人間的ですよね」タナカは笑った。彼は、文句を言っているのではなく、僕を楽しませようとしているのだ。それはわかるのだが、しかし、なかなか素直に笑えないほど正論なのである。

人間以外の研究者といえば、ウォーカロンになる。実際、何人か僕も知っている。しかし、彼らの多くは、ウォーカロン・メーカの研究施設で働いている。開発研究に携わっているものと想像するが、論文などは滅多《めった》に外部に向けて発表されていない。いわゆる企業秘密になるからだろう。したがって、一般的な研究者とは呼びにくい。学会が主催するシンポジウムやカンファレンスに出席こそするものの、講演を聴きにきて、質問をするだけで、自分の研究を発表する者をほとんど見たことがない。

今回の国際会議も、参加者全員が人間だというのは、発表者のことであって、講演を聴きにくる一般参加者のなかには、ウォーカロンは当然いることだろう。わざわざ自分がウォーカロンだと身分を明かさないにしても、である。

ウォーカロン・メーカの研究所に所属する研究者も、数名だが発表が予定されている。彼らは名の知れた有名な学者であり、どこかの大学から引き抜かれて、メーカの所長クラスの職に就いている人たちだ。発表されるのは、〈研究の現状〉的な内容のものが多く、つまりは自社の宣伝に近いものといえる。僕は、以前にこの種の講演を二度聴いたことがあったが、綺麗《きれい》な映像を見られるので、VRか映画のようにわくわくする。洗練されてはいるけれど、ただそれだけの内容だった。研究者というのは、単純な楽しさを求めているのではない。

そういえば、昨年チベットであったシンポジウムでは、ツェリン博士が実行委員会のメンバだったはずである。彼女も地元で駆り出されて、準備作業に忙しかったようだ。そんなことをぼんやりと思い出した。もし彼女が生きていたら、キョートを訪れただろう、と想像もした。迎える側としては、付近の観光地を案内したりすることになる。彼女をどこへ連れていこうか、と僕は頭を悩ませただろうか。

僕自身も、論文を発表する。以前にオーロラと共著で書いた論文の焼き直しだ。部分的に数値解析のデータが増えているだけで、結論には変わりがない。国際会議もシンポジウムも、画期的な発表がない点ではほとんど同様だ。もう少し簡単な言葉にすれば、親睦会《しんぼくかい》が相応《ふさわ》しい。重要な論文が発表されるようなことはない。他国の研究者と実際に会って、知合いになる機会を作るイベントである。こういう時代錯誤の姿勢が、そもそも人間らしいといえるのではないか。

チベットのシンポジウムでは、会場に武器を持った集団が入り込むという騒ぎがあった。世界的にも大きなニュースになった事件で、クーデターとして結果的には取り扱われている。ただ、誰が何のために引き起こしたものなのか、未《いま》だに明らかになっていない。一部のウォーカロン、あるいは人工知能の暴走とも解釈されている。多くの者が認識しているのは、企《くわだ》てが失敗だったこと、そして、もみ消されたこと、の二点だ。

そんなことがあったのだから、キョートでは、まず第一にセキュリティが課題となっている。少なくとも、日本ではクーデターは考えられないし、また大規模な武力集団も存在しないはずだ。それでも、充分な警備が必要なことは論を俟《ま》たない。警察はもちろんだが、情報局や防衛局にも協力を依頼している。

個人的には、僕とタナカのガードとして、キガタ、アネバネ、ウグイの三人が同行することになった。キガタとアネバネは当然だが、彼らの上司であるウグイが出てくることに、僕は少し驚いた。この点について、本人に理由をきいた。

「いけませんか?」無表情で顎《あご》を上げて、ウグイはきき返した。

僕は、笑いを堪《こら》えて、彼女から視線を逸《そ》らした。いけないことはない。面白いことを言うものだ、と感動した。

僕が懇意にしてもらっているドイツの大科学者・ヴォッシュももちろんやってくる。今回は基調講演ではなく、一参加者として研究報告が予定されている。フランスのベルベットの解析結果が主なテーマらしい。

ヴォッシュは、チベットで発見された人工知能・アミラのことを発表すると僕は想像していた。しかし、この研究報告は、ホワイトの研究所長であるドレクスラによって行われることになった。ホワイトとは、ウォーカロン・メーカの協会である。ヴォッシュとの共同研究であるが、アミラ自体がホワイトの敷地内に設置されているため、顔を立てたのだろう、と僕は想像している。ところが、タナカは、彼らには会いたくない、と零《こぼ》した。タナカは、ウォーカロン・メーカから離反した人物であり、かつては逃亡者として認識されていたからだ。

こういった組織間の因縁《いんねん》が、普通どこにでもある。ただ、研究者はそういったものに縛られない自由さを持っているものだ、という話を、僕はタナカに語った。タナカは、「そうだと良いのですけれど」と苦笑していた。

キョートの会場へは、事前に三度足を運んだ。僕は、実行委員会では、会場係だからである。メイン会場は、〈国際会議場〉と呼ばれる建物だが、その中で個々の部屋をどう使うのか、人の流れをどのようにするのか、といったシミュレーションをしたりした。いつも、キガタと二人で出向いたが、アネバネが同行することもあった。彼も、本番でのことを考えての視察だったかもしれない。

キョートという街は、日本でも有数の観光地であり、宿泊施設は充実しているから、参加者の宿泊に関しては、苦労がいらない。会場の近くにいくらでも適当な施設があるし、どこもこういったイベントに慣れていて、送迎などのサービスも完備している。できるだけ、参加者を分散させず、一箇所に集めた方が警備がしやすいだろう、というのが実行委員会の方針だったが、グレードによって三つのホテルに分かれて宿泊してもらうことになった。海外からの参加者が約百五十人であり、ほぼ五十人ずつ各ホテルに割り当てることにした。一方、国内の参加者は百人程度で、そちらは宿泊などは各自で予約してもらうことになった。実行委員会からは案内をしない、ということだ。ただ、僕自身は会場係でもあり、レセプションが行われるホテルに部屋を取った。三つの中で最も高級なホテルである。

観光という行為が、世界的に下火になって久しい。人々は、出かけなくなった。出かけなくても、体験ができてしまうからだ。そういった世の中になって、既に百年あまりになる。初期には、観光地はVRのデータを提供することで商売が成り立っていた。観光資源は、電子空間にシフトし、その中でそれなりの発展を遂げたからだ。しかし、これも、そろそろ頭打ちといわざるをえない。世界中の観光資源が、ほぼ出揃《でそろ》ってしまい、これ以上のコンテンツを必要としなくなったからだ。人間の数は減っていて、しかも世代が変わらなくなってしまったのだから、当然の飽和といえるだろう。

このホテルへも、いちおう見にいった。宿泊については、会場係の担当ではないけれど、日本の高級ホテルというものを見たかったのだ。海外ならばホテルに泊まる機会があるけれど、国内ではまずない。まして、高級というものが、普通とどう違うのか興味があった。

建物は、古風な日本建築のレプリカだった。ロビィには、着物をきた女性の係員が並んでいた。人間か、ウォーカロンか、それともロボットか、じっくり見なかったのでわからない。男性の係員がいないのが、多少問題ではないか、と思ったけれど、そんな文句を言うのも、今では無粋《ぶすい》というものだろうか。

一週間まえには、ほとんどの準備が整った。今は有能な人工知能がアシスタントとして働いてくれるから安心である。うっかりなにかを忘れることもないし、いろいろな手配や交渉では、すべて最適の結果を導いてくれる。現地に行く必要などまったくない。でも、そもそもまったく必要ないことをするイベントなのだから、不合理を合理的に進めているといえるだろう。

ニュークリアの自分の研究室で午後の休憩にコーヒーを飲んでいたところへ、オーロラが訪ねてきた。オーロラは、人工知能であり、部屋へ入ってきたのは、美しい女性のロボットである。オーロラの本体のサブセットがコントロールしている、自律系のメカニズムだ。僕は、このオーロラと共同研究をしている。

「お久しぶりでございます」しっとりとお辞儀をした。キョートのホテルにいた着物の係員よりも、ずっとお淑《しと》やかに見えた。

「どうしました?」ソファで寛《くつろ》いでいた僕は、姿勢を正した。彼女の訪問は事前に連絡がなかった。なにかのついでに立ち寄ったのだろう。

僕の招きに応じて、オーロラはソファに腰掛けた。会うたびに艶《なまめ》かしくなっているように見える。学習の賜物《たまもの》だろう。

「キョートの国際会議で、基調講演を依頼されましたが、お断りすることにしました。万が一ではありますが、先生にご迷惑をおかけしたかもしれず、お詫《わ》びに参りました」

「へえ、それは知りませんでした。えっと、それは講演係の仕事です。私は無縁です。迷惑など受けていません。でも、どうして断ったのですか？ 皆さん、期待されていたでしょう、きっと」

「はい、しばらく表に出ないようにしておりますので」

「そう言っていましたね。そろそろ良いのでは？ 一般の人ではない、マスコミも入りません。専門の研究者ばかりですよ」

「その中において、私も、一研究者にすぎません。自分の研究を発表するならばわかりますが、基調講演をするほどのキャリアはございません。特別扱いされる事情は、もちろん理解しておりますけれど、やはり、ここは、ご辞退するのが筋だと結論いたしました」

「なるほど、見世物《みせもの》ではない、ということですね。あ、いえ、今のは言葉が過ぎました。揶揄《やゆ》したのではない。私も、貴女《あなた》の意見に賛成です」

「たとえば、もし基調講演をするのであれば、アミラの方が適任です」オーロラは言った。

「アミラは、でも、貴女のようにポータブルのボディを持っていないから、キョートの会場で舞台には立てません」

「スクリーンに登場することは可能です」

「うーん、やはり、生の人物に会いたい、というのが、基調講演の伝統なのですよ。映像では駄目なのです」

「でしたら、私も、それに近い存在ではないでしょうか?」オーロラは小首を傾《かし》げる。

「そのとおり」僕は頷《うなず》き、彼女の全身を見た。「まったく、おっしゃるとおりです。ですから、アミラも、貴女のようにロボットを使って会場に現れたら、たぶん、みんな大喜びすることでしょう」

「この分野の最先端の研究者である先生方が、ですか?」

「ええ、そうですよ」僕はまた頷いた。「まあ、そこが人間の不思議なところです」

「はい、不思議だと思います。人間は、人間の形をしたものに、特別な思い入れがあるように見受けられます」

「そう……、人形などがそうですね。いえ、人間にかぎりません。熊《くま》のぬいぐるみを持っている子供もいるでしょう? 動物でも同じなのです」

「でも、昆虫のぬいぐるみは見かけませんが」

「まあ、平均的な価値観から、少し外れるのかな」

「生きているだけでは不充分だ、ということです」オーロラは言った。「生きているだけではなく、形も自分たちに近いものに愛着を持つ。これは、本能的なものでしょうか？　私たち人工知能には、そういった価値観が存在しません。人工知能がどのような形をしているかは、問題ではありません。ロボットは機械ですが、人間の形をしたものがあります。ウォーカロンは有機ですが、人工的なものと今は認識されています。人間も、その多くは人工的な存在となりました。さまざまに変化が訪れているのに、価値観がさほど変わらないことに、不思議な感覚を抱きます」

「まあ、なんというのか、そもそも、人間の形は似すぎていますよね」僕は言った。「いろいろな形の人間が最初からいたら、多少は認識が変わっていたかもしれない」

「そうでしょうか？　異形《いぎょう》の者は古くから存在しましたが、どの社会でも、そういった存在を排除しようとしてきた歴史があります。やはり、本能的に形の違うものを遠ざけたい意識が存在するのです。おそらく、子孫を作るために、そういった評価が優位だったのだ、と想像いたしますけれど」

「なにも反論しません」僕は両手を広げた。「なにか、この方面で考えていることがあるのですか？」

「いえ、そうではありません。大変失礼いたしました」オーロラはお辞儀をした。「私も、このように人間に受け入れられるだろう形を選択して、出てきているのです。私が白態だったら、講演の依頼もなかったことでしょう」

「ああ、北極熊のことですか。絶滅しましたね」僕は笑った。「人間も、絶滅危惧種《きぐしゅ》かもしれません」

「人間は、地球上の動物の中では、最も絶滅しにくい種だといえます。絶滅という概念を作ったのが人間だからです」

「わかりませんよ、まだ」僕は首をふった。「知らないうちに、人間はいなくなるかもしれない。現に、子供が生まれなくなっている。この問題を解決しないと、ほとんど絶滅したも同然です」

「それについては、近々、ドイツか、あるいはウォーカロン・メーカから発表があるそうです。妊娠しない原因というか、諸条件が具体的に定量化されました。対処は技術的に可能だと思われます」

「そうですか。それは知りませんでした」

「のちほど、関連資料をお届けいたします」

情報局は、外部とはネットワーク的に隔離されている。オーロラは、本体とはつながっていない。もし、普通の場所だったら、即座に資料が届いただろう。

「正直なところ、そんなに早くその問題が解決するとは考えていませんでした」僕は言った。「そのことで、方々で競争があったことでしょう。ウォーカロンの問題も絡《から》んでくる。また、新たな局面になるのでしょうか?」

「シミュレーションはしていますが、どうなるのか、という予測はさまざまです。その技術が登場しなければ、人間はウォーカロンをもっと親しい関係にするしかなかった。その意味では、ウォーカロンにとっては貴重なチャンスでした。しかし、もし、人間の生殖の問題が医療的に解決されるとすれば、そのチャンスはもう少しあとになりましょう。ウォーカロンの地位は、しばらくは今のままです。これを、メーカがビジネス的にどう受け止めるのか、という点が、予測を難しくしている要素です。私たちは、ウォーカロン・メーカの内部情報をほとんど得られません。演算が不確かな理由がそこにあります」

第1章　非人道的に　Against humanity

無神論者であるということは神に固執しているということなり。神の存在も非存在も立証の場においてはほとんど同じことである。ゆえに立証という言葉はハンダラ教徒のあいだではほとんど用いられぬ。彼らは神を立証と信仰を前提とする一つの事実としては扱わぬことにしたのである。かくして彼らは悪循環を断ち自由に進む。

いかなる質問が解答不能であるかを知ること、そしてそれらの質問に答えぬこと。この手腕は緊迫せる暗黒時代には必要不可欠のものなり。

1

国際会議の前々日の木曜日から、僕は現地入りした。キガタもアネバネも同行した。木曜日の夕刻にヴォッシュが来日するので、彼を出迎えることも任務の一つであるが、情報局としては、ヴォッシュを特別に護衛するわけではない。情報局のゲストではないからだ。それに、ヴォッシュには、ペィシェンスという名の怪力のウォーカロンのアシスタントがいるし、また最近では、トランスファのジュディも同伴している。さらに、僕が知らないだけで、ドイツのガードマンが彼を護衛しているかもしれない。その可能性は非常に高いといえる。

僕は、ホテルの部屋に入った。キガタもついてきて、部屋の確認をしている。アネバネは、通路まで一緒だったが、部屋には入ってこなかった。時刻は、午後二時である。ヴォッシュを迎えにいくまでに、まだ三時間もあった。これといって予定はない。なんとも贅沢《ぜいたく》なスケジュールであるが、これは、なにもなかったから得られる報酬のようなもの、と考えることにしよう。

「部屋に異状はありません」キガタが言った。彼女は手ぶらだが、なにかセンサを使って探査をしたのだろう。どこにそのセンサが仕込まれているのか、僕は知らない。

「ラウンジへ行くのも面倒だから、ここでコーヒーでも飲もう」僕は言った。

キガタは頷いて、その準備にかかった。キャビネットの上にコーヒーメーカが置かれている。コンパクトなタイプで、僕はそれが照明のスタンドだと思っていた。

窓はとても大きい。しかし、その窓の外に柱や梁《はり》があって、上は庇《ひさし》が迫《せ》り出《だ》しているため、視界はそれらによって制限される。はっきり言えば、邪魔《じゃま》だ。つまり、外観を古風な建物に見せかけるために、使用者の開放感を犠牲にした、ということになる。客が我慢をしなければならないのは、やや理不尽であるけれど、そもそも高層でもないので、窓からの眺望など期待できないのだから、文句を言う者は少ないだろう。希望者は、VRでいつでも景観を堪能《たんのう》することができるし、それこそ、鳥になってキョートの街並を眺《なが》めることだって可能である。ただし、おそらく有料だ。

「どこかへ出かけられますか?」キガタは、コーヒーのカップをテーブルに置いたあと、僕に尋《たず》ねた。

「いや……。出歩かない方が良い、と考えているのでは?」僕はきき返した。

「そうですね、ここの方が安全です」キガタは表情を変えずに頷いた。

「今回は、武器を沢山《たくさん》持ってきた?」

「いいえ、いつもと変わりはありません」

「チベットのシンポジウムの話は、聞いた?」

「はい、ウグイさんから聞きました。でも、日本ではあんな酷《ひど》いことは起こらないと考えられます」

「以前に日本で学会があってね。バスでみんなで移動していたときに、武装した集団に襲われた。そのときのことは?」

「聞きました。ウグイさんが撃たれたときですね」

「そう」僕は頷いた。「あれくらいのことは、あるかもしれない。集まっている人間が、あのときとほとんど同じだし」

「想定はしています」

「警察も、もちろんそれなりに想定はしているだろう。ああいった暴力沙汰《ざた》は、最近では珍しいから、警備する側も、どれくらいの防備をすれば良いのか、予測が難しいだろうね」

「当時と大きく違うのは、デボラがいることです」キガタが言った。「ほんの僅かにでも早く事態を察知できることは、非常に有利だと思います」

「なるほど」僕は、カップに手を伸ばし、コーヒーを飲んだ。「しかし、テロを仕掛ける方だって、同じように進化しているかもしれない。むこうにもトランスファがいるかもしれない」

「そのとおりです」答えたのはデボラだった。この声はキガタにも聞こえたようだ。

以前、デボラはキガタをいつでもコントロールできた。キガタの声帯を使ってしゃべることもあった。しかし、キガタはポスト・インストールを解除する治療を受けたため、デボラが彼女の深層にまで入ることが難しくなったようだ。その治療は、キガタがトランスファに乗っ取られないための対策だったのだから、順当な結果ではある。ただ同時に、キガタの能力の一部が失われたともいえる。彼女が情報局に採用されたのは、デボラとの合体によって生まれる能力が、少なからず評価された結果である。デボラがコントロールしたときのキガタは、驚異的な運動能力を発揮することがわかっていたからだ。もっとも、この点について、キガタ自身はさほど気にしていないようだった。

「ウォーカロンによる襲撃は、現状では可能性が低く、最も注意すべきは、トランスファです」デボラは言った。デボラ自身がトランスファなのだから、不思議な立場だといえる。「ただ、トランスファを操る者、あるいは組織を想定することは、現状ではデータ不足により困難です。以前のテロも、チベットのクーデターも、仕掛けたのは、おそらく人間です。人工知能やウォーカロンである確率は極めて低い、との演算結果が得られています」

「だろうね。そういうことをするのは人間だ」僕は頷く。「なにか、気に入らないことがあるんだ。ウォーカロンの発展が目障《めざわ》りなのか、逆に、人間の頑《かたく》なさが鼻につくのか、どちらなんだろう? そこさえ、わからない。学会がなんらかの方向性をもって政治的に圧力をかけているわけでもない。利害関係はさまざまだし、研究者というのは簡単には一致団結しないものだし……」

「世界中から研究者が集まるのは、どうしてですか?」キガタが質問した。

「それは……」僕は考えた。「たしかにそうだね。どうしてだろう。危険だという予感なら、みんなも持っているはずだし、それでもはるばる来るのは不思議だ。大して成果があるわけでもない。まあ……、なんというのか……、日頃籠《こ》もって黙々と活動している連中だから、たまにはパーティみたいなオープンな場所へ出ていきたい、いつもと違った空気が吸いたい、といったところじゃないかな」

研究者だけではなく、今でも出張をする会社員はいるだろうし、海外旅行に出かける人だっているはずだ。珍しくなったというだけで、まったくいなくなったわけではない。ときどき、珍しいことをしたい、という本能を人間は持っているかのようだ。

コーヒーを飲みつつ、端末で研究者たちからのメッセージを読んだ。会議に向けての細かい質問なども届いていて、ほとんどの返信はコンピュータに任せているが、なかには人間が処理しないといけないものがある。そういったものの対処をした。大した量ではない。

それから、会場の見取り図をテーブルの上に投影して、最後の確認を行った。デボラが僕の補佐をしてくれているので非常に助かる。そもそも僕は、こういった事務的な作業が苦手なのだ。忘れてはいけないことが複数あると、必ず幾つかを忘れるし、ミスしてはいけない細かいことは、悉《ことごと》くミスをする。僕の優位な傾向といえる。

明日の夜には、ホテルでレセプションがあって、その準備をしている実行委員から問合せがあったので、これにも答えた。最も警戒しているのがこのパーティである。会議場のように独立した建物ではなく、一般の人も出入りする建物の一部が会場になっているため、警備が難しいからだ。

とにかく研究者を無差別で襲うような行為は、動機が考えられない。どんな利害があるのかまったく理解できない。しかし、そういった不思議なことは起きない、とは言えない。現に何度も起こっているのだ。人間だから、とんでもない理由で破滅的な行動をとるのか。人工知能はしないだろうし、ウォーカロンだって、人間ほど不安定ではないはずだ。

生きているという状態の不安定性が、人間の思考を司《つかさど》る仕組みに、深く刻まれているとしか思えない。

「不安定性か……」僕は呟《つぶや》いた。

「何の不安定性ですか？」キガタがきいた。

「あ、いや、なんでもない」僕は片手を広げた。つい、声に出してしまった。よくあることだ。近くにキガタがいることも、忘れていた。

なんとなく、新しい発想があったように感じたのだが、しかし、しばらく考えても、なにも出てこなかった。人間の不安定性に起因したものがあるように感じたのだが、何に関連したことなのか、結局わからない。このように、なにか今思いついたのに、としばらく考えることがとても多い。実際に素晴《すば》らしいインスピレーションにつながることも、稀《まれ》にある。年に一度か二度くらいだが。

2

ヴォッシュを空港まで迎えにいった。キガタとアネバネを連れて三人で、空港のロビィを歩いた。こういった開放的な空間、つまり一般の不特定多数の人間がすぐ近くを歩いている場所が、僕としてはわりと珍しい。好きとも嫌いとも思わないが、感じるものは、微《かす》かな恐怖に近い。子供のときからそうだったように思う。人間というのは、大勢いるだけで恐ろしい存在なのだ。

ヴォッシュが乗った飛行機は、定刻に到着した。彼は、ペィシェンスと二人だけだった。誰も連れていない。

「どこかに、ボディガードがいるのですか？」僕は辺りを見回して尋ねた。

「君たちのことかね？」ヴォッシュは微笑《ほほえ》んだ。

コミュータに五人で乗り込み、ホテルへ直行した。といっても、四十分ほどかかる。途中はほとんど高架《こうか》のハイウェイで、周辺の景色がよく見えた。ヴォッシュは、僕にいろいろ質問をした。キョートに近づくと、寺院の建築がときどき見えた。

「屋根の色を黒くするのは、昔の殿様のお達しだったのかね？」

「あれは、寺院です。寺院は、殿様とはそれほど関係がない、と思いますよ。でも、お城の屋根も、だいたい黒いですね」僕は答えた。「ウグイが詳しいかもしれません。明日になれば、彼女もこちらへ来ます」

「では、マーガリィさんにきくとしよう」ヴォッシュは頷いた。「サリノさんは、何が得意なのかな?」

「はい、特に得意なものはありません」キガタは答えた。

「たとえば、趣味とか、習いごととか、子供のときから好きだったものとか……」ヴォッシュがきいた。

そういうプライベートな質問に対しては、ウグイだったら答えないだろう、と僕は思った。それに、キガタはまだ若いのだから、そのように決まった分野がないのではないか、とも想像した。少なくともこれまでに、その種のことを僕は尋ねたことがない。

「そうですね」キガタは、珍しく視線を逸らし、考える素振《そぶ》りを見せた。「私は、暗算が得意かもしれません。あとは……」

「バク転ができるんじゃない?」僕は言った。キガタは運動神経はかなり良さそうだ。

「はい、バク転はできます」

「暗算というと、掛け算とか?」ヴォッシュが尋ねる。キガタが頷いたので、彼はさらにきいた。「たとえば、円周率の二乗は?」

「有効数字五桁《けた》で、三・一四一五を二乗すると、九・八六九〇です」キガタは答えた。

「ちょっと待った」僕は、片手の指を五本立てた。「今の、デボラがやっているんじゃないの？」

「私は、なにもしておりません」デボラが答えた。

「本当に？」僕の声は、通常よりもずいぶん高くなっていただろう。「だったら、凄《すご》いじゃないか。どうして今まで言わなかったの？」

「いいえ、あまり役には立ちませんから」キガタは首をふった。苦笑しても良さそうな場面だが、無表情のままである。「アネバネさんのチェスの方が凄いと思います」

「え？　何だって？」僕は身を乗り出した。「アネバネが、チェスをするの？」

「もの凄く強いそうです」キガタが言った。

「それは良いことを聞いた」ヴォッシュが言う。「一度お手合わせを願いたいものだ」

アネバネは、ヴォッシュの目の前に座っていたが、頷きもしなかった。彼は、今はネクタイにスーツという珍しいファッションである。おそらく、国際会議に紛《まぎ》れ込《こ》むための装いを選択した結果だろう。その意味では、迷彩服のようなものといえる。

「若い頃に、チェスをよくやったがね、人間を相手にしてやるような機会が滅多にない。人間以外では、うん、強さを設定しなくてはいけない」ヴォッシュはそこで笑った。「あれが、なんとも屈辱的だ。いやになる。君の場合も、強さの調節機能があるのかね？」

「あります」アネバネが答えた。その後、周囲の者が彼の言葉を待ったが、それだけだった。もう語ることは終わったようである。

しばらく僕は、アネバネがチェスをする様子を想像していた。そう言われてみると、似合わないとはいえない。寡黙《かもく》な人物に相応しい。そういった趣味があれば、これは素晴らしいことだろう。僕自身がチェスをしないので、仄《ほの》かな憧れのようなものもあり、彼の印象はよりエキセントリックになりそうだ。

その後は、みんなが黙ってしまった。既にキョートの市街らしい。細かい明かりが多いので、賑やかそうに見えるものの、大きな看板などは少ない。そういった規制をしているのだろう。

ヴォッシュは、僕と同じホテルに宿泊することになっている。到着すると、その古風な外見を彼はしばらく眺めたあと、満足そうに僕に微笑んだ。

着物の係員が出迎えて、奥の部屋へ案内された。今夜はここで、夕食の予約もしてあった。そのことをヴォッシュに話すと、彼はますます嬉《うれ》しそうに頷いた。

「あれは、マイコか？」部屋に入ったところで、彼は僕にきいた。案内してきた係員のことだろう。

「違います。着物をきているホテルの従業員です」僕は答える。「でも、もしかしたらマイコかもしれません。その可能性は否定できません」

「見てわからないのかね？」

「ええ、私にはわかりません。今でも、本物のマイコがいるのかどうかも知りません」

「今回の会議に来る連中は、みんな知っているだろう。マイコに会えるものと期待しているはずだ。送られてきたパンフレットにも、写真が載っていたし、説明が書かれていたじゃないか」

「ああ、あれは、キョートの観光案内をそのまま使っただけです」僕は答える。そのパンフレットは実行委員会で事前に確認している。「このあと、別の部屋へ移動して、そこで食事になりますが、マイコを呼びましょうか？　そういうのが呼べるかどうか、きいてみます」

「高いんじゃないかね？」ヴォッシュが片目を細くした。「いや……、高くても良い。いるなら是非《ぜひ》呼んでもらいたい」

ヴォッシュの部屋を出て、僕とキガタは自分たちの部屋に戻った。アネバネは、ホテルに到着したあと姿が見えなくなった。透明人間になったという意味ではなく、どこかをパトロール中だ、ということである。

部屋に戻り、ホテルのフロントでマイコのことを尋ねてみると、グレードが三段階あるとのことだった。値段をきいてみた。その三段階で一桁ずつ高くなるという。

「どのように違うのですか？」当然の質問を、僕はした。

「そうですね、まあクオリティといいますか、最も高いランクが本物です」

「では、あとは偽物なのですか？」

「偽物というよりは、ええ、でも、ほとんど見た目は同じです」

よくわからないコメントだったが、とりあえず、一番安いマイコを依頼することにした。というのも、レベルが高くなるほど人気があり、すぐに呼べるかどうかわからないという説明だったからだ。

キガタが、これについて詳しいデータを検索してくれた。つまり、マイコがロボットか、ウォーカロンか、あるいは人間かという違いが、さきほどのグレードだという記事が見つかったそうだ。

「ああ、そうなんだ」僕は大きく頷いた。「でも、人間だと、何が良いのかが不明だね」

「私もそう思いますが、でも、自分と同じものだと親しみが湧《わ》く、ということなのではないでしょうか？」キガタが言った。

「ロボットは違うけれど、でも、人間とウォーカロンは同じだと思う」

「いえ、私はそうは思いません。だいぶ違うと思います。私が育った環境では、周囲はウォーカロンばかりでした。今は、人間と一緒に働いています。私にはずいぶん違うように感じられます」

「どう違う？」僕は尋ねた。

「ウォーカロンは、自信もないのに、迷うことが少なくて、それから……、あまり笑いませんが、面白いとは思っています。面白さがわからないわけではありません。でも、何故《なぜ》か笑いたくないのです」

キガタの説明に、僕は微笑んだ。言い回しが面白かっただからだ。

「それは、つまり、人間とウォーカロンの違いというよりも、育ちというか、教育、あるいは環境の差にすぎないように思う。人間でも、ウォーカロンと同じ学校へ通って、仲間と一緒に大きくなったら、そうなるんじゃないかな」

「でも、ポスト・インストールは決定的な違いです」

「そう、それは、そうかもしれない。君は、それを解除した少ない例だから、これから、その違いが実感できるかもしれない」

「今は、まだ実感できません」

僕は、キガタが少し変わったのではないか、と感じていた。今のように、積極的に自分のことを話すのも、以前はあまりなかったことだ。ただし、これは、就職したてだったし、今の任務に就いたばかりで慣れなかったからかもしれない。実体験というのは、数値実験のように、パラメータを変えて演算ができない。一人が一度きりの時間を生きているのだ。何がどう影響して今の結果になっているのかを、分析することは困難だといえる。

3

広い座敷でのディナだった。日本の伝統的な食事である。床の上に置いた座布団《ざぶとん》という名のクッションに座り、膳《ぜん》の上にのった料理を食べる。途中で、マイコが三人やってきて、一人が踊り、一人が楽器を演奏し、もう一人が歌らしきものを口ずさんだ。やっているのはロボットだから、こちらとしては気楽である。これが人間だったら、もっと気を遣ってしまい、食事どころではなくなったのではないか、と思った。

一緒に食事をしたのは、僕とヴォッシュ、キガタ、アネバネであるが、ペィシェンスも同席した。彼女は食べない。エネルギィは充電によるインプットしかしない。

ヴォッシュは、満足そうにマイコたちを眺めている。彼には、ロボットだとは言っていないが、もちろん、ロボットだと想像しているはずだ。僕のすぐ隣に座っていたのでときどき耳打ちしてくる。

「こういうのは、ドイツにもある。変な踊りを演じて、見たこともない楽器を持っている。だいたい同じだ。違うのは、スピードだ」

たぶん、マイコの踊りがゆっくりだということを言っているのだと思う。たしかに、だいたいの踊りというのは、もう少しスピーディである。どうして、動きをゆっくりにしているのか、その理由を僕は知らない。少なくとも、ゆっくりの方が人間が見るのには向いているだろう。踊る方はかえって難しいと思うが、ロボットなら簡単になる。

踊りが一段落したようで、マイコは座敷の隅に座ってお辞儀をしたあと、部屋の外へ出ていった。食事をする時間ということらしい。またのちほど現れるようなことを、出ていくときに言った。

「サリノさんは、ポスト・インストールを解除したそうだね」ヴォッシュはキガタに言った。「どうです？　なにか自覚がありますか？」

「いいえ、今はまだ、よくわかりません」キガタが首をふった。

「実は、もう十年以上も、ウォーカロン・メーカと政府関係者が議論をしているテーマの一つだ」ヴォッシュは、僕の方を向いて話した。「日本は、どういうつもりなのかな？」

「まったく知りません。そういった話を聞いたこともないですね。タナカ博士が、もしかしたら詳しいのかも」

「いや、彼は、まだそういった立場にはないだろう。かなり上層部だけの意見交換に留まっているはず。むしろ、人工知能の方が知っているかもしれない。論点は、ポスト・インストールをやめるかどうかだ。ウォーカロンに、そういった無理な詰め込みをしない方が良いのか……。君は、どう思う？」

「どうも……」僕は首をふった。「しかし、それをしなかったら、ウォーカロンではないものになる、という認識の人が多いのではないか、と思います。私自身も、その立場です」

「少数派だが、間違った見方とはいえない」ヴォッシュは鬚《ひげ》を触った。「メーカの非公式なデータによると、ポスト・インストールの結果、不良品となる確率が十五パーセントもあるという。もし、ポスト・インストールをしなければ、生産性はそれだけ向上するが、製品が社会に出てからトラブルを起こす可能性は確実に増すだろう。その十五パーセントが、すべて悪いことをするとは思えないが、少なくとも人間並みには、犯罪者も出るだろうね」

「その類《たぐい》のデータについて真剣に議論したことは、私は経験がありません。でも、そういう観点に立つならば、どうして人間にもポスト・インストールをして、不良品を排除しないのか、みたいな議論になりますね。少なくとも、重大な犯罪を一度起こした人間には、ポスト・インストールを与えても良い、と主張する人が、沢山出てくるでしょう。恐《こわ》くて多数決が取れない事案といえるかもしれません」

「二十世紀だったか、人間の頭脳に電気的インパクトを与える実験が行われた。犯罪者を安全な人間に作り直す、正義の研究だった。たしか、脳外科技術にノーベル賞も授与された。あまりにも危険な研究だったと、その後の社会では反省することになったがね」

「そういう歴史を、人工知能は学んでいるはずですから、同じ過ちは繰り返さないと思います。学んでいない人間が多数派になることが恐い」

「同じ過ちかどうかは、極めて主観的な判断になる。昔と今は違う。全然別のものだともいえる。どうかね?」

「わかりません。私には、とにかく、よくわからないのです。何が正しいのかと議論することができる問題でしょうか?」

「では、君は、ウォーカロンが、すべて人間になれば良い、と考えているのかな?」

「うーん、どうなのかな……」僕は首を捻《ひね》った。「それも、正直なところ、よくわかりません。今生きているウォーカロンは、もちろん、人間同様に人権が認められるべきだし、差別する理由も存在しません。ただ、将来的なことを考えると、人間と同様のものを大量生産する姿勢を、人間は維持していて良いのか、その生産の過程で、遺伝子的なデザインを施《ほどこ》しても良いのかどうか、という問題ですね」

「そうなる」ヴォッシュは頷いた。「私は、それに対して肯定的だ。ここまで来てしまったのだから、もはや、我々は神になるしかない。今さら、やっぱり人間の分際では不相応だなんて言いだしても、遅いと思う」

「なるほど、でも、まだ、やめることはできるのではありませんか?」

「何をだね?」

「つまり、ポスト・インストールをしないウォーカロンを作ることをです」僕は答えた。

「それは、ほとんどクローンを生産することに等しい」

「君は、しかし、クローンに対して否定的ではなかったと思ったが……」

「ええ、そうです。人類の存続のために、必要な技術だと認識しています。ただ、大手のメーカが大量に生産するようなものではない、と考えます」

「今のウォーカロン・メーカは、大きくなりすぎた。現代の企業の中でも最も大きい。経済規模が大きいということだ。これはもう、後戻りはできない。生産すれば、自《おの》ずと大量になってしまう。少量生産なんてできないんだ。そんな方向修正さえ無理だろう」

「そうかもしれません。であれば……、今のままの善良なウォーカロンの生産に留《とど》めておいた方が良いのではないでしょうか?」

「それは、人類が繁殖機能を取り戻したとしてもかね?」ヴォッシュは目を細くして、僕を見据えた。

「そうです。そちらが解決すれば、ウォーカロンは減産になるでしょう」

「それを、メーカが黙って見ているだろうか?」

「もっと、ほかの分野へ進出すべきだと思いますよ」

「うん」ヴォッシュは頷き、同時に微笑んだ。「若い意見だ。正論だと思う。しかし、なかなかそのとおりにはならないだろう。世の中というのは、ままならないものだ。誰もが恐れる方向へ、じわじわと近づくことだってある」

三十分ほどすると、またマイコ三人が部屋に入ってきた。綺麗に揃ってお辞儀をしてから、さきほどと同じように、踊り、演奏し、歌った。ヴォッシュは手を叩いて喜んでいたが、僕はさほど面白くは感じなかった。キガタとアネバネは、ほとんど見てもいない。もちろん、この二人は、僕とヴォッシュの護衛をするためにここにいるのだから、それで当然なのかもしれない。

二曲の踊りを披露《ひろう》して、彼女らの仕事は終了となった。綺麗にお辞儀をしてから、部屋を出ていった。

「人間も、あれと同じなのかね？　見た目のことだが……」

「いえ、詳しくは知りません。でも、たぶん、そうなんじゃないですか？　顔を白く塗っているのは、ああいう昔の化粧なのです」

「え、そうなのか……。ロボットだから洒落《しゃれ》でやっているのかと思った」ヴォッシュは笑った。「口が小さいのも異様だ。愛嬌《あいきょう》のある顔ではあるが」

「たぶん、昔は、アルコールを客たちにすすめて、みんなを酔わせて気持ち良くさせるサービスだったんだと思いますよ」

もうほとんど食事は終わっている。デザートも食べた。ヴォッシュはワインを飲んでいるようだった。たぶん、ワインだと僕が想像しただけで、聞いたわけではない。注文を取りにきたロボットに、ヴォッシュが耳打ちしていたので、聞こえなかった。

「失礼します」引き戸が少し開いて、通路から声がかかった。女性が膝《ひざ》をついて覗《のぞ》いている。店の係員のようである。「ハギリ様にお会いしたいとおっしゃる方がいらっしゃいましたが、お通ししてもよろしいでしょうか?」

「誰ですか?」

「リョウ・イウン様です」

「あ、ええ、知合いです。ご案内して下さい」

リョウは、生物学者で、今回の国際会議の出席者リストにも名前があった。以前に二度会っている。日本とチベットで、いずれも国際会議があったときだ。それほど親しいわけではない。ただ、人間の生殖障害に関する情報を聞いたことがある。その分野が、まさに彼の守備範囲らしい。

三分ほどして、リョウが現れた。明るいグレィのスーツに黄色いネクタイだった。以前とまったく変わらない風貌《ふうぼう》で、僕を見てにっこりと微笑んだ。それから、隣に座っているヴォッシュに気づき、驚いた顔になる。

部屋に入り、彼は僕たちの近くで膝を折った。

「ヴォッシュ博士がご一緒だとは知らず……、大変失礼をいたしました」リョウは英語で話した。「ハギリ先生に、ご挨拶《あいさつ》をしようと思っただけです」

「私がここにいるって、どうしてわかったんですか?」僕は尋ねた。

「私は、このホテルに宿泊しています」リョウは日本語で話した。「ロビィに、黒い板が並んでいて、そこに〈ハギリ様御一行〉とあったので、フロントで尋ねたら、こちらだと……」

「ああ、なるほど、そういうことを出してしまうんだ」僕は苦笑した。「プライベートもなにもあったもんじゃありませんね」

ヴォッシュは僕を見つめて、小さく頷いていた。おそらくトランスファのジュディに日本語の通訳をしてもらっているのだろう。

「いえ、とにかく、お顔が拝見できてほっとしました。チベットのとき以来ですね。明日の、レセプションにいらっしゃいますか？」リョウが尋ねた。

「ええ、出席します」僕は答える。

「では、そのときにまた……」彼は頭を下げ、ヴォッシュにも英語で言った。「突然お邪魔をして申し訳ありませんでした」

リョウは部屋から出ていった。どうやら、ヴォッシュがいたことで遠慮をしたようだ。それはそうだろう、著名な学者である。おそらく、会議のスタッフであるハギリが、ドイツからの来賓を迎えての接待、と想像したのだろう。

「中国人かね？」ヴォッシュは尋ねた。僕が頷くのを見て、彼は続けた。「生殖関係の新技術が、近々発表されるという噂を聞いたが、なにか知っているかな？」

「いいえ」僕は首をふった。「生まれる条件と生まれない条件がしっかりと区別できれば、対策はすぐにも打てるだろう、というくらいの想像はしていましたが」

「問題は、その対策がどれくらい面倒か、という点にある」ヴォッシュは言った。「その点だけはシンプルだ。費用の問題だから」

4

ヴォッシュとは別れ、自室にキガタと二人で戻った。アネバネは途中で姿が見えなくなった。

二十くらいメッセージが届いていて、それらの返事を書いて送った。半分が会場係としての仕事関係、あとの半分は、国際会議の参加者で、個人的な知合いからのものだ。こちらは、要約すると「よろしく」になる。だいたい、社会の会話の半分はこれだし、日本の書類の半分は、要約するとこれになる。

明日は、会場の最終確認を実行委員全員で行う。これが午前中の仕事。なにごともなければ、午後はレセプションまでフリーな時間となる。どこかキョートの観光にでも出かけようか、とも考えたが、ヴォッシュから頼まれないかぎり、そういうことにはならないだろうし、また、ヴォッシュも僕を誘うとは思えない。

そうだ、ツェリンがいたら、どこか一箇所くらいは見にいったかもしれない。そんな想像を一瞬だけした。明日の午後には、ウグイがこちらへ来る。何時頃だろうか。時間があったら、誘ってみようか。

「いや、無理だな……」と呟いてから、近くにいたキガタを見た。彼女もこちらを見ている。「いや、なんでもないから」

午後九時に、キガタには自室に戻るように指示した。彼女の部屋は隣である。反対側の隣が、アネバネだ。通路に一度出ないと部屋から部屋へは移動できない。それは、事前にキガタが調べていた。ベランダもないので、経路はそれしかない。ヴォッシュの部屋も、四部屋ほど離れた、すぐ近くである。大声で叫べば聞こえる距離だ。

「リョウ博士が何を話したかったのか、わかる？」僕はデボラにきいた。

「詳しい情報ではありませんが、ヴォッシュ博士が言われたものと同じだと思われます。リョウ博士は、その研究で中国の委員会のメンバですし、また、ホワイトの開発チームの一員です」

「子供が産めるようになる医療処置に関する研究？」

「はい」

「そうか、では、きっと実現の目処《めど》が立ったのだろうね。実用化までに何年くらいかかるものかな？」

「平均的には、四年ないし五年です」

「問題は、新しい細胞を入れる場合に、被験者の状態に対してある種の制限が課せられる、といった対処かもしれないということだね」

「そのとおりです。その可能性が最も高いと、既に各方面で指摘されています」

「それだったら、根本的な解決とはいえない」僕は言った。「大勢ががっかりするだろうね。でも、最初はなんでもそうだ。出始めは、みんながっかりする。限定的だったり、高価だったりして」

「根本的な解決とは、どのようなものだとお考えですか？」

「それは何段階か、レベルがあるとは思うけれど、たとえば、既に人工細胞を入れている人たちを、子供が産める躰《からだ》に戻す、という処置ができたら素晴らしい。それだったら、みんなが根本的に解決したと感じると思う」

「その可能性は大変低いと思います」

「しかし、生殖に必要なパラサイトが見つかったら、それを体内に入れるだけで解決するんじゃないかっていう希望的意見もある。まあ、まちがいなく、素人《しろうと》考えだけれど」

「その可能性は極めて低いと予測されています」

「ヴォッシュ博士は、値段が問題だと言っていた」僕は天井《てんじょう》を見上げた。「それはつまり、新たなビジネスとして、どのようなスパンでデザインされるかということでもある。

その新しい治療で、どれくらいかけて元を取ると算段するか……。誰が儲《もう》けるのかな?」

「おそらく、ウォーカロン・メーカだと思われます」

「え?」僕は半分躰を起こした。ソファで横になっていたからだ。「どうして? 根拠は?」

「アミラが予測しています。その治療技術に多額の投資をしているのが、ウォーカロン・メーカだからです」

「ああ……、そうなんだ。そういうデータがあるんだね?」

「アミラが調べた結果です。公開されているデータではありません」

「なるほどぉ……、そういう方面から探りを入れて、未来予測をするのか……、ふうん、凄いなぁ」

「凄くはありません。投資ビジネスでは当然の解析です」

「僕なんかは、考えもしない方面だ」

「具体的には、治療ではなく、医療材の生産と販売になるものと思われます」

「え、どういうこと?」しかし、デボラが答えるまえにわかった。「ああ、そうか、臓器を生産して、それを売るわけか……、うん、そうかぁ」

「そうです」

「なるほど、それだったら、ウォーカロン・メーカの設備が使える。ノウハウもある。

うってつけというわけだ。それに、大勢の人たちが、技術的なものに信頼を寄せるだろうね、現に、すぐ近くで生きているウォーカロンたちを見ているわけだから、ブランドとしても強い」

「そのとおりです」

「しかし、これまでに人工細胞を入れたことがない人に向けて売ることになる。これを使えば、子供が産める躰のままでいられますよ、そのかわり、少しお高いですけれど、と言って商売をするわけだ。だけど、そんなナチュラルな人は、先進国にはもう滅多にいない。発展途上国ならば、大勢いるかもしれないけれど、大勢がナチュラルのままなのは、彼らが貧乏だからだ。人工細胞を入れるお金がない。そういう人たちが、さらに高いものを買うとは思えない。商売として、この状況はどうなんだろうか?」

「それにお答えするデータを持ち合わせていませんが、おそらく、そのような需要の傾向は想定しているはずで、なにか未知の策略があるのか、あるいは、実際に画期的な治療方法が開発されているのか、いずれかだろうと予想されます。現時点で、これだけの噂が流れている以上、なにも発表されないという可能性は低いと演算されます」

「この国際会議で、発表される可能性は?」

「五十五パーセント」

「え、そんなに高いの? もっと早く教えてくれたら良かったのに」

「なにか、これに関して博士の利益につながるようなことがありますか?」

「いや、ない」僕は即答した。

「早く知らせていたら、どうされるおつもりだったのでしょうか?」

「うーん、そう言われてみると、なにもないね。うん。心の準備ができるというだけだ。心の準備が必要な場面というのは、あまりないかもしれないけれど」

「そう考えて、お忙しい博士を煩《わずら》わせるのもどうかと思い、黙っていました」

「あそう、それは……、どうも」

「的確だったという評価でしょうか?」

「微妙だね」僕は微笑んだ。デボラは、僕が微笑んだことを感知しただろうか。声の響きから察しているとは思う。

数分の沈黙があった。

僕は、ウォーカロン・メーカの新しいビジネスについて考えていた。たとえば、自分はその新しい商品を試すだろうか。残念ながら、自分の遺伝子を受け継ぐ子孫を欲しいと思ったことがないので、問題外である。一般に、どれくらいの需要があるのか、想像もつかない。しかし、五十人に一人でもいれば、それは大きなシェアといえる。高価な商品だし、一回の買いもので終わらない。人間は、新しい細胞を取り入れることで長生きする。つまり、ユーザは長く消費者であり続けることになる。一度ユーザになれば、その後は検診などのサービスも含めてビジネスになるだろう。

なるほどな、と感心した。

人間というのは、富を築くことに知能の大部分を投入するものだ。頭の良いものは金持ちになり、二番手、三番手が、社会に貢献するような技術開発を行うのである。

「まもなく、ウグイさんが来ます」デボラが言った。

「え？　どうして？」僕はびっくりした。「明日じゃなかったっけ？」

「なんらかの予定変更があった模様です」

ソファに寝そべっていたので、起き上がり、座り直した。テーブルの上や、部屋の隅に置いたトランクを確認した。特に散らかっているわけでもない。ホテルなのだから、当然である。

ドアがノックされた。立ち上がって、ドアまで歩いた。返事をするだけではロックが解除されないかもしれない。こういった仕様は、施設によって不統一なのだ。

ドアの外を見ることができるモニタに、ウグイの姿が映っていた。いつもと雰囲気《ふんいき》が違う。ストレートの髪が長い。サングラスもかけていない。

ドアを開けた。

「こんばんは」ウグイは挨拶した。「デボラに知らせるように言いましたが、伝わりましたか？」

「うん、聞いた」

僕は、彼女のファッションに驚いた。これまでに見たことがないパターンだ。短いスカートにブーツ。上着はない。

「入ってもよろしいでしょうか？」

「え？　あ、うん……」

ウグイが室内に入り、僕はドアを閉めた。

彼女は部屋を突っ切り、窓際へ行って、外を見た。僕が中央に戻っても、こちらを向かない。僕は、とりあえずまたソファに座って、ウグイの後ろ姿を見た。

彼女は溜息《ためいき》をついた。なにか忌々《いまいま》しいといった溜息だった。こちらを向いたが、無表情で、いつもの彼女ではある。ただ、リラックスにはほど遠い。

「こんな時間に突然申し訳ありません」ウグイは言った。

「どうしたの？」僕は尋ねた。

「いえ、なんでもありません。ある種、緊急避難といいますか……、はい、大したことではありません」

「何を言っているのか、わからない」

「すみません」ウグイは、また溜息をついた。

「座ったら」僕は、ソファの横にある肘掛《ひじか》け椅子《いす》をすすめた。

ウグイは、仕事のときは滅多に座らない。だいたい部屋の隅で立ったままだ。これは、キガタにも受け継がれているので、もしかしたら情報局員のスタンダードなのかもしれない。なにかあった場合に、立つための時間ロスをなくす目的があるのかもしれない。ウグイは、僕の言葉に頷いて、椅子に腰掛けた。

「緊急避難って、どういうこと?」僕は尋ねる。

「いえ、言いすぎました。撤回します」ウグイは言った。「さきほどまで、リョウ博士とお食事をしていました。これは極秘です。他言のないようにお願いします」

「どうして?」

「極秘の理由ですか?」

「違う、どうしてリョウ博士と?」

「仕事です。黙っているつもりでしたけれど、先生にご相談したいこともあって、お話しします。つまり、ウォーカロン・メーカの動向を探ることが、私の任務です。イシカワの残したメモリィチップに、その情報があったからです」

「その話は、初めて聞いた」

「はい、デボラも知らないはずです。詳しいことまでは、私も知りません」

デボラが言っていたことだろう、と僕は連想した。リョウが関わっていることで、ウォーカロン・メーカの動向となれば、おそらくそれしかない。

「えっと、どうして、君はリョウ博士と食事をしなければならないのかな?」僕は、同じ質問を繰り返した。

「チベットで、リョウ博士とお会いしました。彼は、私のことをハギリ先生の秘書だと思っています。顔見知りなので、接近して、情報を得ようと考えました」

「それ、誰が考えたの?」

「少なくとも、私ではありません」ウグイはゆっくりと言った。力の籠もった発言だ。

「接近するっていう意味がわからない」僕は、そう言いながら、ウグイの脚を見てしまった。

「情報局員には、特に珍しい任務ではありません」

「へえ……。で、なにか重要なことが聞き出せた?」

「いえ、今日はそこまでは」

「また会うの?」

「そうなると思います」ウグイは頷いた。珍しく、無理に笑おうとした。

「緊急避難というのは?」

「それは……、その……」ウグイは珍しく、言い淀《よど》む。「食事のあと、私についてきたのです。部屋まで送るとおっしゃいました。ホテルの中なのにですよ」ウグイは言った。

「それで、ハギリ先生に会う約束がある、と嘘を言って、別れました。すぐそこまで一緒でした。デボラが伝えてくれたのは、私の嘘についてです」

「なるほど。よく真意を理解したものだね」

「デボラを褒《ほ》めるよりも、私を褒めていただきたいと思います。咄嗟《とっさ》の判断でした」

「なるほど……」

「なるほど、だけですか？」ウグイが言う。

「いや……、その、何と言って良いものか……、よく事情がわからないから」

「そういうものでしょうか？」

「たとえば、君の部屋まで、彼がついてきたら、どうしたの？」

「帰ってくれと言います。任務に支障を来《きた》しますが、しかたがないことです。それでも帰らなければ、リョウ博士は怪我《けが》をしていたと思います」

「良かった、そうならずに……。うん、君を褒める理由がわかった。的確な判断だったね」

「なにか、もう少し、たとえば、先生の個人的な感想みたいなものはありませんか？」

「明日も、リョウ博士と会うことになっているが、知らない振りをした方が良いね？」

「はい。そのようにお願いします」

「彼がどんな人間なのか、個人的には知らない。礼儀正しい人だという印象だけれど」

「アルコールが入ると、多少、羽目を外すのか、それとも、文化の違いだとは思いますが、多少、古風なお考えをお持ちかもしれません、特に女性に対して」

「その、探りたい情報というのは、どの程度緊急性のあるもの？」

「私にはわかりません。人工細胞の新しいタイプの製造法だというだけです。世界中の投資家が注目しているそうです。いつかはわかりませんが、もしかしたら、今回の国際会議で一部が発表される可能性もあります。それに関わっている研究者の大半が出席しているからです」

「でも、情報局は投資をしたいわけではないよね？」

「はい、もちろんです」ウグイは頷いた。「日本でも同様の開発をしていましたが、結局、イシカワはイニシアティヴが取れないと諦《あきら》めた、だから、あのようなことになったようです。いわば、開発競争に敗北した結果だったのです。フスが、一歩リードしていて、早期に発表して、周囲の注目を集め、資金も集めようとするはずです。しかし、日本の一部が懐疑的に見ているのは、なんらかの不正が行われていないか、という点です。もしそういったことがあれば、大きなスキャンダルになります」

フスというのは、中国のウォーカロン・メーカの名称である。

「発表したあとに判明したら、スキャンダルになるけれど……」

「発表まえでしたら、プロジェクトが失速するだけです。それは絶対に避けるはずです。フスにとっては、スキャンダルの方がましです。見切り発車でも良いから、発表してくると思います。これが成功すれば、ウィザードリィは完全に吸収されるかもしれません」

「イシカワの再建にも、資本参加する可能性があるのでは？」

「はい、半国営にする案が、現在話し合われていますが、財政的にリスクがあり、結局は、名前だけ存続させて、フスの資本を入れざるをえない状況だそうです」

「大手五つのうち三つが一つになったら、もうほとんど独占企業だね。こんなに大きな企業は、かつて世界に存在しなかったのでは？」

「経済規模では、そのとおりです」デボラが答えた。

「コーヒーを飲む？　もう落ち着いた？」僕はウグイにきいた。

「はい、落ち着きました。コーヒーはけっこうです。もう、失礼します」ウグイは立ち上がった。「私の部屋は、二つむこうです」彼女は、壁を指差した。キガタの部屋のむこう側らしい。

ウグイはあっさり出ていった。ドアまで見送り、通路の左右も確かめたが、誰もいなかった。彼女が自室の部屋に入るのを僕は見届けた。

5

翌日、会場へ出かけていき、実行委員会の最終打合わせをしたあと、各会場での準備状況の確認をした。僕がするような仕事はもうなく、それぞれの専門スタッフが大勢で作業をしている。最も大きな工事は、入口に看板を取り付ける作業だったが、今どき看板なんだな、と僕は驚いた。どうして大型モニタにしなかったのだろうか。おそらく、デザイナの拘《こだわ》りがあったのだろう。

キガタが、目立たない範囲で僕の近くにいた。会議中は通路にいたし、それ以外のときは、十メートルほど離れた場所にいつも立っていた。アネバネは姿が見えない。ウグイもこの会場にはいないようだ。どこにいるのかは聞いていない。キガタに、昨夜ウグイが来たことを話したら、少し驚いた顔だった。つまり、彼女も知らないスケジュールだったということである。

問題はなにも起こっていない。ぎりぎりまで作業をしているところが一部にあるものの、それらもあと数時間で完了する、と聞いた。

ランチは、会場に付属しているカフェでサンドイッチを食べた。このときは、キガタとアネバネが一緒で、三人が揃った。二人とも、学生か新入社員のように見える。そういったファッションである。

明日から会議が始まる。一階のロビィで受付をして、そこで簡単な持ち物検査をすることになっている。これは、探知機によるシンプルな測定で、武器を持っていないことを百パーセント確認することはできない。たとえば、情報局員が使っている武器には、金属部品が使われていない。探知機の多くは金属や電子機器、あるいは揮発性《きはっせい》物質などを感知するものだ。

「それよりも、この会場の周辺の警備はどうなのかな」僕は、コーヒーを飲みながら呟いた。キガタかアネバネか、どちらが答えるだろうか、とも思った。

「周辺の警備は警察の管轄です」キガタが言った。それくらいは僕も知っている。彼女は、アネバネの顔を見た。

「ざっと百人くらいは、今日から来ています。不審物がないか調べていました。大半がロボットです」アネバネが報告した。周囲をパトロールしてきたようだ。

「たとえば、装甲車でここへ突入してきたら、どうなる?」僕はアネバネに尋ねた。カフェは、ロビィの一角にあって、壁などで隔《へだ》てられていない。

「このガラスは、構造的に装甲車では突破できません。ファイバ補強だからです」アネバネが答える。「この建物は、そういった想定で設計されているそうです」

海外のVIPを迎えることがあるからか、と僕は想像した。

「一番の弱点は、上からの攻撃です。ミサイルが上から突っ込んだ場合は、大きな被害が出ることになります」アネバネが無表情で言った。

思わず天井を見てしまったが、上からミサイルが来たら、どこにいたって安全とはいえないだろう。しかし、ロビィは一階でも、会場のほとんどは地下にあるので、その点では、多少は好条件かもしれない。

「レセプションの警備は?」僕はキガタにきいた。

「警官は百五十人と聞いています」

「情報局は?」

「私は知りません。先生の護衛は、私たち二人です」

「ウグイは?」僕は尋ねた。ウグイはレセプションに出席するはずだ。

「ウグイさんは、べつの任務があるようです」

なるほど、そうなのか、初めて知った。

つまり、リョウ博士に接近する機会として、レセプションに出席するということだろう。彼女がどんなファッションで来るのか、と想像してしまった。しかし、考えてみたら、チベットのシンポジウムのレセプションのとき、ウグイはドレスを着ていた。彼女としては非常に珍しい装いだった。その当時は、まだ彼女と知り合って日が浅かったので、情報局員は変装するものだと受け止めていたのだが、今思うと、昨夜の彼女のファッションと同列の派手さはあった。

ヴォッシュからは連絡がなかった。どこかへ連れていけといった要望は出ていない。午後はホテルに戻り、部屋にいることにした。キガタには、今のうちに好きなところへ遊びにいってきなさい、と指示したが、彼女は頷いただけで、出かけた様子はない。ただ、僕の部屋からは出ていったので、僕は一人になり、ソファで昼寝をすることができた。気疲れかもしれない。やはり、普段の仕事場にいないというだけで、エネルギィ消費があるように感じる。

二時間ほどぐっすり眠ることができた。これも珍しいことだ。考えたい課題が沢山あったはずなのに、夢にさえ出てこなかった。誰かに起こされるということもなく、自然にふと目が覚めたら、出かけるのにちょうど良い時刻になっていた。

着替えをして、準備をしていると、キガタがドアの外にいることをデボラが教えてくれた。ネクタイを締《し》めながら、ドアを開けにいった。

キガタは、黒いジャケットにスラックスだった。髪は短い。来るときから短かった。大人しいファッションといえる。どちらかというと、男性っぽい。ちょうど、通路の反対側から、白っぽいものが近づいてきた。白い羽根が集まったドレスを着た女性だが、仮面を付けていた。

「アネバネか」わかるのに三秒はかかった。「凄いな」

完全に女性に見える。否、そもそも、彼の性別を僕は知らない。とりあえず、「彼」という代名詞を使っているだけである。以前のシンポジウムのときも、ロングとミニが半々のドレスだった。

二人に部屋に入ってもらい、僕はバスルームで、ネクタイと髪のチェックをした。問題ないだろう、と思ったところで出ていくと、二人は窓の外を眺めて並んで立っていた。後ろ姿では、長身の女性と少年のように見える。

特に、持っていかなければならないものもない。端末をポケットに入れて、出かけることにした。

エレベータの中で、ウグイに会ったか、と二人に尋ねたが、まだ会っていない、と答えた。別行動ということらしい。ホテルの前で、コミュータに乗り込んだ。レセプションがある会場は、同じホテルで同じ敷地内なのだが、移動には、バスかコミュータを使うように案内されていた。歩いてもいける距離だが、アネバネと一緒に歩くのは遠慮したかった。それとも、アネバネはいつものように、遠く離れたポジションを歩くのだろうか。少なくとも目立つから、今の彼なら見失うことはないだろう。

レセプションが始まる時間の三十分まえに、会場の入口に到着した。

顔見知りのスタッフに声をかけてから、ロビィの一角のベンチに腰掛けた。まだ、一般の参加者は数名しか来ていない。受付が始まっていたので、その係に尋ねた結果である。会場の中も見てきたが、従業員がテーブルの準備をしているところだった。穏《おだ》やかな音楽が流れているだけである。

僕の横にキガタが座り、その隣にアネバネが座った。さすがに、周辺をパトロールする格好ではないからか。

こんなに近くにアネバネが座っているのだから、チェスの話でもしようか、と考えていたが、知った顔が近づいてくるのに気づいた。旧友のシマモトである。彼は、このジャンルの研究者ではないが、ナクチュの冷凍遺体保存施設の調査を行った。シンポジウムに参加するということは連絡があった。僕は立ち上がって、彼に近づいた。

「美人を二人連れてるのが、お前だとは思わなかった。見間違えるところだった」

「一人は、君も知っているアネバネだ。もう一人は新人」僕は二人を紹介した。といっても、ベンチから十メートルほど離れている。キガタは、指向性の高い集音器を装備しているようだから、声は聞こえたかもしれない。

「なんだ、局員か……。アネバネさん？　名前を聞いたかな」シマモトはベンチの方をじっと見ているが、首を傾げた。以前とは全然違うアネバネだから、認識するのは容易ではないだろう。「ホワイトが、なんか新しい医療技術を発表するという噂を耳にしたが、なにか知っているか？」

「誰からそれを？」僕は尋ねた。

「いや、どこからともなく」シマモトは微笑んだ。「知っている顔だな」

どこからともなく、と言った場合、たいていは上層部から、という意味だ。日本政府は知っているのだ。イシカワの機密を入手したことに関係しているのだろう。

「詳しくは知らない」僕は答えた。「その噂を、詳しく教えてほしい」

「つまり、子供が産めるように、またなるってことみたいだ。その医療措置をすればね」

「専門的に見て、どうなのかな？　可能性は」

「うん、俺は、イシカワが近々到達するものと考えていた。メカニズム的には、以前から幾つか方法はあったようだが、ようは、それを実現するための手法の問題で、そういった細胞を作るとしたら、ウォーカロン・メーカに一日《いちじつ》の長《ちょう》がある。その分野の優秀な研究者も大半はウォーカロン・メーカにいる。フスなんか、その点では独占企業に近い。これ以上大きくなったら、国家として扱われるんじゃないかな」

「ウィザードリィを吸収して、イシカワを傘下《さんか》に置けば、もうそれ以上だといえそうだね」

「日本で開催される国際会議で発表するってのも、なんか意図的なものを感じるな」

「どういう？」

「うん、チベットのことがあったし、あそこの調査をしたのは日本のチームだ。でも、結局、イシカワは勝てなかった。その勝負に勝ったと世界中に宣言するには、タイミングが良い」

「そういうものかな。あまり、そんなふうに考えていなかったけれど……」

「ホワイトのドレクスラ氏が発表するんだろう、きっと。ほとんど、基調講演みたいなものになるかもな」

「たしかに、四編分のエントリィになっている。四題の連続論文なんだ。だから、えっと、四十分くらいになるね。発表は、明日の午前中だよ。僕が司会をするセッションだから、まちがいない」

「マスコミが写真を撮るぞ」

「いや、講演中は禁止されている。終わってから、どこかで記者会見になるのかな。今日のうちに、ドレクスラさんにきいておいた方が良いかもしれないね。記者会見の場所の準備が必要かな」

「そういう裏方の話はどうでもいいが、そのニュースが与えるインパクトが、どの程度のものになるのか……、我々の仕事だって、激変する可能性がある」

「君は、あの王子の蘇生について、発表するんだね」

「そう」シマモトは頷いた。「一度盗まれたから、話題性はあると思っていたけれど、ホワイトがそれを発表したら、さっぱり霞《かす》んでしまうな」

冷凍された遺体のうち蘇生に成功した一体が、ナクチュの王子だったのだ。盗難に遭ったが、無事に戻ってきた。だが、蘇生したといっても意識が戻ったわけではない。

「それにしても、外が物々しいなあ」シマモトが顔をしかめた。「そんなに物騒《ぶっそう》なんだ、この界隈《かいわい》は……。まあ、王子が盗まれたりもしたから、他人事じゃないかもしれん」

「このまえの九州での、あれもあったしね」僕は言った。

「しかし、警察の部隊は、ウォーカロンの方が多いらしいから」シマモトが言う。「噂に聞くトランスファとかもあるし、頭脳チップに潜《ひそ》んでいるウィルスとかもあるし、どうも危うい武装集団に思えてしかたがない」

「人間だって同じだよ」僕は言った。

「昔みたいに、テロが起こらないのが不思議なくらいだ」

「それはさ、テロをする必要がなくなっただけだと思う」僕は言った。「武力行使しなくても、電子空間で勢力が誇示できるってことなんじゃあ」

「そうかなぁ、そんな世界を知っているのは、一部の技術者だけじゃないのか？」

「いや、人間は知らなくても、人工知能は知っているよ」

6

レセプションの開会時間が近づくと、ロビィは人でいっぱいになった。受付を済ませたあと、顔見知りを探して挨拶をするためか、会場へは入らずにロビィに留まる人がほとんどだった。

ヴォッシュの顔を見つけたが、既に十数人に取り囲まれていて、とても近づけない。僕は、入口の付近に立って、「どうぞ中へ」と呼び込みをする役になっていた。会場内には、円形のテーブルが三十脚ほどあり、周囲の壁際にもテーブルと椅子が並べられている。奥が舞台で、演台が置かれていた。開会の挨拶は日本の学会長、その後ヴォッシュが短いスピーチをする予定になっている。

現在は、疎《まば》らに参加者が入っているだけで、周囲で料理や食器などの準備をしているスタッフの方が数が多いかもしれない。立食形式なので、どのテーブルに着くのかは自由である。

紫色のドレスの女性が会場の中を覗いていたので、「どうぞ、中へ」と言おうとしたのだが、それはウグイだった。また髪型が変わっている。

「なんだ、君か」僕は言った。

「先生の前を通ったときに、お辞儀をしたつもりですけれど」

「気づかなかった」僕は微笑んだ。ウグイのスカートが短くなかったので、ほっとした。

「リョウ博士には会った？」

「いいえ、まだです」ウグイは言った。「私じゃなくて、アネバネを紹介するつもりです」

「え、それは……、何と言ったら良いものか」僕は口を開けてみせた。

「キガタから離れないようにして下さい」ウグイは顔を近づけて囁《ささや》いた。

「えっと、キガタはどこに？」僕は周囲を探した。通路の脇に置かれた屏風《びょうぶ》の後ろに、キガタが立っているのを見つけた。「あんなところにいる」

着物を着た女性が近づいてきた。しかし、金髪の白人である。誰なのかわからなかったが、僕を見て、微笑み、お辞儀をする。こちらへ近づいてきた。

「ハギリ博士、こんにちは」日本語で挨拶をする。

「あ、ペィシェンスさん」ようやく誰なのかわかった。ヴォッシュの助手のウォーカロンだ。「変装するのに時間がかかったのでは?」

「変装は、失礼ですよ、先生」横からウグイが囁いた。「着付けといいます」

ペィシェンスは、ボディはメカニカルで、ハイパワーであるが、特別に躰が大きいわけではない。着物も普通サイズのはずだ。

「ヴォッシュ博士の近くにいなくて、良いのですか?」僕はきいた。

「はい、すぐに戻ります。ご心配、ありがとうございます」またお辞儀をして、彼女はロビィへ戻っていった。人集り《ひとだか》が、ヴォッシュのいる場所のようである。

その人集りから、リョウが一人抜け出し、こちらへ歩いてくる。僕は、ウグイをちらりと見た。今にも銃を抜きそうな顔だった。

リョウは、片手を出し、僕と握手をした。ちらりとウグイの方を向き、表情を変えずに小さく微笑んだ。いやらしい感じはまったくない。コントロールされているジェントルな物腰である。

「中に入りましょう」僕は彼を誘った。

入口に比較的近いテーブルまで歩いた。リョウと二人である。ウグイはついてこなかった。代わりに少し距離を置いて、キガタが会場に入ってくる。

「先生にまたお会いできて嬉しく思います」リョウは言った。「人工知能に関する転移の論文は、最高に興味深いものでした。オーロラさんは、今日はいらっしゃらないのですか?」

「はい。彼女は、最近少し引き籠もっていまして、ええ、人前には出ないようにしているみたいです」

「どうしてですか?」

「さあ、どうしてでしょうか」僕は首を傾げた。

リョウは、後ろを振り返り、入口の方を見た。そちら方向の隣のテーブルに、キガタが一人で立っている。ウグイはまだ入ってこない。入口の近くにいるはずだが、リョウを避けているのかもしれない。

「シキブさんは、どうして入ってこないのでしょうか?」リョウが言った。

シキブというのは、ウグイの別名である。まえのシンポジウムのときに、その名を名乗っていた。今日のドレスは紫だから、その名前とぴったりなのに、と僕は思った。

「さあ、どうしてでしょうか」僕は同じ返答をする。

「明日、先生の司会のセッションで、ホワイトの発表があります」

「ええ、ドレクスラさんが発表されることになっていますね」

「はい、そうなんですが、途中で私が交替したいと考えています。事前にお知らせしておいた方が良いかと」

「リョウ先生がですか？　連名者ではありませんよね」

「ええ、論文では、謝辞に私の名前があるだけです。そのときは、そういうポジションだったのですが、その後、プロジェクトの正式メンバに加わりました。私ならば、日本語で発表ができて、聴いている皆さんも、日本人が沢山いるので、良い印象なのではないかと考えました。発表者の交替は、規則違反になりますか？」

「いえ、そんな堅苦しいルールはありません。代理を立てることは、認められていますから、はい、問題ないと思います」

「ありがとうございます」リョウは頭を下げた。「よろしくお願いいたします」

「新しいビジネスを展開すると聞きましたが……」僕は言った。

「はい、そうなんです。今回が、世界初公開となります」

「それは楽しみですね。そのビジネスは、ホワイトが行うのですか？　それとも……」

「実質的には、フスが主導しますが、名目上は、ホワイトの事業になっています。研究開発を行ったメンバが、複数のウォーカロン・メーカから出ている関係で、そうなりました」

「では、日本のイシカワのメンバも関わっているのでは?」

「はい、そうなんですが、残念ながら、その人は……」リョウは、指を天井へ向けた。

天井には、豪華なシャンデリアが幾つも吊《つ》るされている。しかし、リョウが示したのは、もっとずっと上である。イシカワの社長や重役、それに多くの社員が航空機事故に遭遇《そうぐう》し、宇宙空間へ飛び出した。これは、事故なのか、一部の人間の作為なのか、または、全員が納得の上での集団自殺なのか、未だに全容は明らかになっていない。ただ、ホワイトのプロジェクト・メンバとして参加していたイシカワの研究者が亡くなったことを、リョウは言ったのである。

その事故で、イシカワは壊滅状態となった。一部を除いて生産も業務もストップしている。ウォーカロン・メーカとして成立しなくなったといっても良いだろう。しかし、情報局は、イシカワの遺書とも呼べるデータを入手した。これは、キガタの活躍によるものだが、それを知っている人間はほとんどいない。リョウの後ろに立っている少女が、そのキガタである。

僕は、そのデータの内容を知らない。しかし、今回リョウたちが発表するプロジェクトに、イシカワがどう関わったのかを示すものだった可能性がある。それは、現代最大の社会問題を解決し、人類の子孫繁栄につながる新技術に関するものだ。

明日のホワイトの発表を聴いても、おそらく、そのコアとなる部分が判明するわけではない。具体的な原理、そして手法は、しばらくの間は企業秘密として未公開のままとなるはずだ。大まかにこのようなメカニズムで、と曖昧《あいまい》に語られるだけだ。ただ、問題は解決できた、新たな未来が人類に開けている、と声高に謳《うた》われることだろう。

みんなが、その発表に対して質問をしたくなるはずだ。それを仕切るのは、司会者である僕である。セッションは延長され、昼休みにずれ込むことになるにちがいない。それでも、時間は限られているから、別室で質疑を受け付けることになる。マスコミに対する記者会見も避けられない。そちらは、夕方になるだろうか。そんな想像を、僕はしている。楽しみであることに変わりはないものの、こんなときに限ってスタッフであり司会を務めなければならないなんて、正直に言えば、面倒極まりない。

「リョウ先生は、今はホワイトに籍を置かれているのですか?」僕は尋ねた。「紹介するときに、何と言えばよろしいのでしょうか?」

「ホワイトの研究所に勤務しています。主席研究員です。今は、先生もご存じのあそこにいます、チベットの……」

「あ、そうなんですか?　では、えっと、ヴァウェンサさんは、ご存じですか?」

「はい、知っています。毎日のように顔を合わせます。明日、彼もこちらへ来る予定ですよ」

「そうですか」僕は微笑んだ。

ヴァウェンサは、ウォーカロンであるが、優秀な研究者である。彼に誘われて、僕はホワイトの研究所を見学したことがある。そのときに、所長のドレクスラに会った。チベットに設置されているスーパ・コンピュータのアミラは、ドレクスラの尽力で蘇《よみがえ》ったのである。その点で、僕は彼らを好意的に認識している。だが、日本の研究者たちの多くは、そうではない。おそらくは、イシカワもそうだったのではないか。フスは、イシカワのライバル企業であったし、また、日本の研究者たちの多くも、フスや、フスの仮面ともいえるホワイトには負けたくない、といった感情がどこかにある。ときどき、話の節々にそれを感じることが多い。

研究者に限らない。日本政府にも、そういった意識があるのではないか、と推察している。

たとえば、日本のスーパ・コンピュータの一つであるペガサスは、オーロラとの接触を自由に行えない。オーロラが日本製であるにもかかわらず、未だ許可されていない。何故なら、オーロラはマガタ・シキ博士が深く関わっているし、また、チベットのアミラとも密接な関係がある。そこは、ホワイトの領域といっても良い。この点では、デボラも同じだ。しかし、情報局はデボラを中に入れた。これはある意味、英断だっただろう、と僕は考えている。日本政府が不合理な独立主義を通しているのは、伝統とはいえ、少なからず感情的なものに支配されている結果だ、と僕は評価している。

会場へ入ってくる人が増え始めた。開会時間まであと五分になったためだ。スタッフが入口に立ち、案内をしている。どのテーブルでも良い、というようなことを言っているのだろう。部屋の奥の方が舞台に近い、との声も聞かれる。

リョウは、知合いが入ってきたので、そちらに合流した。どうもホワイト関係の参加者のようだ。二十人以上の団体だった。

そのあと、ウグイが入ってきて、僕のテーブルまで来た。キガタは、相変わらず隣のテーブルにいる。アネバネはどこかわからないが、入ってきたら、目立つからわかるはずである。

「リョウ博士を避けているね」僕はウグイに言った。

「そういうわけではありません。私の話が出ましたか？」

「全然」僕は首をふった。「でも、接触するために、ここへ来たのでは？」

「それが、任務です」ウグイは無表情で頷いた。彼女は振り返って、キガタを見た。「今回は、さすがに変なことは起こらないと思いますけれど、キガタから離れないようにお願いします」

「僕が離れようとしても、キガタがついてくると思う。アネバネは、どこにいるんだろう？」

「把握《はあく》しています」ウグイは言った。「パーティでは、私と一緒に行動することになっていますから……」
ウグイは一礼して、僕のテーブルから離れ、舞台へ近づく方向へ歩いていった。言葉の最後が聞こえなかったのだが、アネバネを本当にリョウに紹介するつもりだろうか、と僕は、幾つかのシチュエーションを想像した。どれも、あまり穏やかではないので、一人で吹き出してしまった。しかし、これは誰に対しても失礼なことだ、と反省もした。

7

パーティは定刻どおりに始まった。学会長の挨拶とヴォッシュのスピーチまでは、会場が静かで、遠い場所にいる僕にも、話がよく聞き取れた。そこで一度乾杯となり、参加者は飲みものに口をつけ、その後拍手が湧き起こった。このあとも、司会者がなにか言っていたのだが、もう聞こえなくなってしまった。これは、想定されていたことだった。話が聴きたい者は、舞台の方へ近づけば良い、そうでなければ、話し相手を見つけて歓談し、好きなものを飲んで食べれば良い、というだけである。最後に、ホワイトの会長のスピーチが予定されているものの、これはビデオ映像で、本人が来るわけではない。そこでお開きとなる。約二時間後のことだ。

僕は、ノンアルコールのワインを飲み、ビュッフェに料理を取りにいった。テーブルに戻ってきたら、キガタが待っていた。

「ウグイとアネバネは、どこにいるのだろう？」僕はキガタにきいた。特に知りたいわけでもないが、話しかけるネタとして思いついた。

「舞台の近くです。ホワイトの関係者のテーブルのようです」キガタが言った。

僕はそちらを見たが、障害物が多すぎてまったく見通せない。

「見えた？」と尋ねると、

「デボラに教えてもらいました」とキガタは答えた。「ヴォッシュ博士とペィシェンスさんも、その近くです。先生は、こんなところにいらっしゃって、よろしいのですか？」

「こんなところって？」僕はきき返す。「ここが、場末だってこと？」

「バスエ？」

「いや……、失礼」僕は瞬時に片手を広げた。「あのさ、今、君は武器を持っている？」

「持っています」キガタは頷いた。

「ウグイは、持っているだろうか？」

「お持ちだと思います」

「確認したの？」

「そうではありませんが、絶対にお持ちです」

「ふうん、そういうものが、使われないことを祈ろう」

「どういう意味でしょうか?」キガタが首を傾げた。

「一般論としてだよ」僕は言った。「武器というものは、道具であれ、手法であれ、いずれであっても、できれば使わない方が良い」

「それはもちろんそうだと思います」キガタは頷いた。「でも、正義の維持にも武器が必要です。警官は武装しています。世界政府軍も武装しています」

「そう、そこなんだ。どうして、そういった不合理な事態になるのか、人間は未だにわからないんだよ。人間さえいなかったら、武器をすべてなくすことができるかもしれない」

「違う意味での武器があると思います」

「あ、そうだね。電子攻撃とか、ウィルスとか、あるいはトランスファなんかも、使い方しだいで武器になる。なんだってそうだ。知能というものが、そもそも武器かもしれない。この武器で、人類は地球上でのし上がった。野生の攻撃的な動物たちは、ほとんど絶滅してしまった。武器を持っていても、結局は生き残れなかったってことだね」

「将来的には、人類の武装も、低減されますか?」

「そうだね……、時間はかかるかもしれないけれど、低減されないまでも、システム的に改善される、と僕は思っている」

「システム的に改善とは、たとえば、どんなふうに犯罪などを抑止するのですか?」キガタが質問した。

「例として適切ではないかもしれないけれど、バーチャルな社会であれば、抑止ができる。ルールに従わない者には、その社会での自由が部分的に制限される。それは、人工知能が全域を常時見張っていればできることだ。同様に、実社会であっても、技術的には可能だ。みんなが、ルール違反の警告を受けるチップを頭に入れていれば、犯罪が起こる以前に抑止することだってできる。そういうことが、将来は、教育とか指導と見なされるかもしれない」

「今すぐにでも難しくありませんね」

「そう、実現可能だ」

「どうして、そうならないのですか?」

「それはね……、うーん、人間が抱いている自由幻想みたいなもののせいだね」

「自由幻想?」

「なにかに縛られる、監視され、管理されることを生理的に嫌っているんだ。おそらく、長い歴史の間に遺伝子に刻まれたトラウマみたいなものだね。人工知能が社会全体の隅々まで管理するなんて話は、絶対に受け入れられない。よほど酷い犯罪が起きて、大量の犠牲者を出して、初めて武器や自由の一部が規制されるだけだ」

「警官や情報局員も、市民には目の敵《かたき》にされていると習いました」

「研修で?」

キガタは頷いた。

「目の敵ってことはないと思うけれど……」

「ハギリ博士、ロビィに出て下さい」デボラが突然言った。しかし、緊迫した口調ではない。

「すぐに？　なにか危険が？」僕はグラスで口を隠して、囁いた。

「そうではありません。シモダ局長がいらっしゃっています」

「キガタも一緒に？」

「二人では目立ちますから、キガタはここに。私が誘導します」

デボラの声は、キガタにも聞こえたようだ。彼女は僕を見つめて、無言のまま小さく頷いた。

トイレへでも行くような感じで、僕は会場から出た。誰も僕を気にしていないだろう。ロビィには、今は人は疎らだった。しかし、歩きながら見たところでは、シモダらしき人物は見当たらなかった。

「左へ行って下さい」デボラが言った。「エスカレータで上へ」

そちらへ歩き、エスカレータに乗った。上は一階で、エントランスの近くである。

一階のホールに出た。控《ひか》えめな間接照明が、周囲の壁のエッジを浮かび上がらせていた。シモダの姿はない。どこだろう、とあまりきょろきょろしない方が良いと思い、自然に真っ直《ま》ぐ《す》に歩いた。このまま直進すると、回転ドアから外に出てしまう。

「外に出ます」デボラが教えてくれた。「出て、左へ」

言われたとおりに歩く。外も、屋内と同じような雰囲気だ。ロータリィにはコミュータが並んでいて、サービスをするボーイのロボットが三人。少し離れたところに、警官らしき人影が数名。三十メートルほど離れたところに、赤い回転灯も見えた。

一台だけ離れたところに駐車しているコミュータがあった。僕が近づいていくと、ドアが開いた。顔を覗かせたのは、シモダ局長だった。ニュークリアの情報局のトップである。

僕は、コミュータに乗り込んだ。僕がシートに座ると、コミュータはゆっくりと走りだした。しかし、窓はなく、モニタに映っている景色も暗くてよくわからない。まだ、ホテルの敷地内ではある。

「突然ですね」僕はシートベルトをしながら言った。

「私は、一般の場に顔を出すことはできません。そういう規則なのです」シモダは言った。「こちらへ出てきたのも、極めて異例のことです」

「どうかしましたか?」

「お知らせしなければならないことがあります。政府がさきほど決定したのですが、明日のホワイトの発表を阻止することになりました」

「阻止する？　どうやって？」

「先生は、そのセッションの司会者ですね？」

「そうですけれど、まさか、発表をやめてくれと私が言うのですか？」

「いいえ、そんなことは無理ですよね」シモダは微笑んだようだ。コミュータの中も充分に明るくないので、彼の表情は細部までは見えなかった。外出するときにいつもかけているメガネを、今はかけていなかったこともある。パーティには必要ないと思ったからだ。

「セッションが始まるまえに打合わせをする控室《ひかえしつ》に、武器を持った者が突入し、ホワイトのメンバを拘束します。そのあとのことはお話しできませんが、ここから連れ出すことになるはずです」

「本当の話ですか？」僕は呆《あき》れてしまい、笑いだしそうになっていた。

「残念ながら、本当の話です」

「それは、誰が実行するのですか？」

「言えませんが、警察にも捕《つか》まりません。そういう特別な部隊です」

「そんなことをしたら、戦争になるのでは？　誰が決めたのですか？」

「最初に言いましたが、何度も言えません」

たしか、日本政府だと聞いた。それが主語だ。信じられない。僕は必死で考えた。

「では……、そう。どこがやったと見せかけるつもりですか？」

「テロ組織です。身代金目的です」

「でも、人質は返還されない？」僕はきいた。疑問形だと認識してもらえるか、ぎりぎりのアクセントだった。

「政治的判断になるかと思います」

「あの、個人的な意見を言ってもよろしいでしょうか？」今度は、明確な疑問形だ。

「お聞きしない方がよろしいかと。私にも個人的意見はありますが、今回の事態とはまったく無関係です」

「とにかく、あまりにも非人道的だ」僕は言った。

シモダは言葉を返さなかった。頷きもしない。無反応である。そうするしかない、という姿勢を示したとも受け取れる。

僕は溜息をつき、目を瞑《つぶ》った。なんとかならないものか、と考えた。しかし、考える必要もない。考えろと言われてもいない。不可抗力である。

「それだけです」シモダは言った。

「局長がわざわざいらっしゃった意味がわかりました」僕は言った。

「直接お話しする以外になかったかと」シモダは頷いた。

「もちろん、みんなは知っているのですね？　ウグイたちとか」

「実行の五分まえに、指令を出します」

「どんな?」

「五分後に、なにがあっても、関わるな、抵抗するな、武器を使うな、といったところですね」

「あ、では、何が起こるかは、知らせないわけですね」

「極秘です」

「私は、どうすれば良いでしょうか? ただ、呆然《ぼうぜん》としていれば良いだけですか?」

「そのとおりです」

「発表者がいなくなってしまったことを、参加者にどう説明すれば良いでしょうか?」

「それは、先生方のお考えで、どのようにしていただいても構いません。ただ、誰がやったか、どこが関知していることか、知らない振りをしていただく必要があります」

「苦手ですね、そういうのは」

「どうか、よろしくお願いいたします」

「聞かなければ良かった気がします」

「知らない場合には、危険な事態になりかねません。たとえば、抵抗すれば、撃たれることになります」

「ウグイに言っても良いですか? 彼女は、きっと抵抗すると思います。五分まえの指令を聞き逃したら大変です」

「ハギリ先生のご判断で……」

「え、そうなんですか……、はい、わかりました。彼女には教えた方が良いと考えます」

僕は、教えるつもりになっていた。シモダは、自身の責任で、僕にそれを許可したのだろう。

ウグイは、リョウに接触しようとしている。そのリョウが拘束される計画なのだ。彼の近くにウグイがいるのはまちがいない。騒動に巻き込まれる可能性が高い。

コミュータは、再び会場のロータリィに戻ってきた。僕だけが降り、シモダを乗せて走り去った。

建物の中へ入ると、キガタが待っていた。

「どちらへ行かれたのですか？」

「大丈夫《だいじょうぶ》」僕は片手を上げた。「パーティに戻ろう」

エスカレータに乗り、地下へ降りていく。会場前のロビィを歩く。しかし、急にどこかに座りたくなった。

近くにベンチがあったので、僕はそこに腰掛けた。

「大丈夫ですか？　ご気分が悪いのですか？」すぐ横で膝を折り、キガタがきいた。

「そうかもしれない」僕は答える。たしかに、目眩《めまい》がした。しかし、原因はわかっている。精神的なストレスだ。「いや、大丈夫。ちょっと休めば、治ると思う」

「デボラ、なにか、意見を言ってくれないか」僕は囁く。

「そこまで強硬手段に出るのは、日本の利益を大きく損なう事態、あるいは、日本の権利が著《いちじる》しく侵害される可能性が大きい、という判断だと推察されます。ただ、具体的なデータは見つかりません。推測ですが、ホワイトが発表する技術に、確定できる疑惑が存在するということではないかと思われます」

「確定できるなら、逮捕状を取れば良い。警察に任せれば良い」僕は囁く。この声は、キガタにも聞こえただろう。彼女には意味がわからないはずだ。しかし、僕がデボラと会話していることはわかっているから、なにもきかなかった。

「現時点で確定できない、しかし、拘束できる数少ないチャンスだ、ということかと。または、発表を阻止したい、世界的に公開されてしまうのを避けたい、ということではないでしょうか」

「彼らを拘束しても、いずれ、ホワイトかフスが発表するのでは?」僕は言った。「ああ、そうか、むこうもまだ完全には技術を完成させていない、上手く行きそうだという段階で、先手を打って発表するということかな。主要なメンバを拘束すれば、開発も止められる。あるいは、別のどこかが発表できると?」

「イシカワしか考えられませんが」デボラが言った。

「イシカワに、そんな余力があるのかな? 主要な研究員は残っている?」

「はい、五十名以上が在籍・生存しています」

「タナカさんにきいた方が良いかな?」

「事情を秘密にしたまま話すことは困難と考えられます。その話を事前にすると、先生がのちのち疑われることになりかねません」

「そうか……。じゃあ、あとにしよう」僕は頷いた。そして、目を開けて、上を向いた。

深呼吸をする。躰がぶるっと震えた。武者震いではない。恐怖だ。

目の前にキガタが立っていて、眉《まゆ》を寄せて僕を見つめていた。

「なんでもない」僕は彼女に言った。

「なんでもないようには見えません」キガタが首をふった。

第2章　彼らの人間性　The humanity of them

死をまぢかにひかえているという以外に共通点はないのだが、そのことは話題にはしたくなかった。したがって、たがいに理解しあうという機会はほとんどなかった。彼にとってそれはどうでもよいことだった。しかも私のほうは彼より若く懐疑的であったから、意思の疎通や理解や説明を望んだ。だが説明はなされなかった。ただ話しあうだけだった。

1

パーティ会場には戻らず、僕は自室に帰った。キガタが一緒についてきたが、食事が途中だろうと思い、会場へ戻るように促《うなが》した。

「私は、部屋から出ないから」彼女を安心させるために、僕は部屋に入るまえに言った。

キガタは小さく頷いた。でも、きっと通路に残っているだろう、と思った。僕は、部屋に入り、そのまま奥のベッドに倒れ込んだ。しかし、着ている服のことに気づき、起き上がって、上着を脱ぎ、ズボンも脱いで、クロゼットに仕舞《しま》った。皺《しわ》になったらいけないと考えた自分が驚異的だった。

そのままシャワーを浴びることにする。

「ご気分はいかがですか？」デボラがきいてきた。

「悪くないよ」

「アミラと相談をしましたが、日本政府がそのような行動に出ることは、予想していなかった、理解できない、と言っています」

「まともだ」僕は言った。「つまり、日本の中枢に、まともじゃない奴がいるんだ」

「おそらく、ペガサスではないか、というのがアミラの意見です」

「うん。誰だっていいさ。でも、根拠のない疑いは抱かない方が良い」

「根拠はなくても、あらゆることを疑うのが、私たちのやり方です。疑いがあるというだけで、他者を疎外することはありません」

「ペガサスかどうかは知らないけれど、あちらにはあちらの考えがある。そのデータをこちらは持っていない、という差がある。やむをえない判断なのかもしれない」

「それは順当な考えだと私も思います」

「ただ、武力で人の自由を拘束するのは、どんな理由があっても許されることではない。違うだろうか？」

「どんな理由かによる、と思われます」

「そう？」

「たとえば、そうしないと多数の犠牲者が出る、などの危険が確実視される場合などです」

「まあ……、そうかな。でも、そんな事態は考えられない。それに、拘束したあと、どうするつもりなんだろう？　もしかして、殺すのかな？　生かしておいたら、いずれは問題になって、拘束できなくなる。そうなると、拘束した意味もなくなる。かえって被害が大きくなる」

「拘束したままにする、という手しか考えられません」

「殺すのに、限りなく近い」

「あるいは、拘束することによって、なんらかの新しい進展、または情報が得られる可能性もあります」

「捕まえておいて、白状させるっていう意味？　そういった手段によって得られる情報は、証拠とは認められない」

「裁判に勝つことが目的ではないのです」

「では、何が目的？」

「イシカワの日本での再建ではないでしょうか。これはアミラの意見です。オーロラは、別の意見です」

「オーロラはどんな意見?」

「オーロラは、先日の航空機事故の原因を、第三者による可能性があると演算しています。可能性としては、五十パーセント以下なのですが、無視できない確率であることは確かです。したがって、その原因について知っている者が、日本政府にデータを持ち込んだのではないか、との憶測《おくそく》です」

「復讐《ふくしゅう》ってこと?」僕は尋ねた。

「はい、そのような解釈も可能です」

「それはまた古典的な……」

「アミラも私も、その可能性は低いと結論しましたが、オーロラは、日本人にはそういった伝統的傾向がある、と主張しています」

「ということは、日本人なんだね、今回のプロジェクトの立案者は」

「立案者というよりは、投資筋が近いと思われます」

「イシカワの内部の人間が、誰か日本の資産家に訴えたということかな。その資産家は、イシカワに梃入《てこい》れして、日本のメーカとして再建しようとしている。その方向性は、財政難の日本政府と一致するものだ。そういうわけだね?」

「先生はどう思われますか?」デボラがきいた。

「いや、どうも思わない。私がどう考えているかなんて無意味だ。私は、なにもデータを持っていないし、演算能力もない」

このとき、僕がデボラに話さなかったことがある。

明日実行される予定の作戦は、もしかして、人工知能が発想し、仕掛けたことではないか、という可能性を僕は一番に疑っていた。デボラには、話しにくい。

人間が考えて、結論を出したのだとしたら、あまりにも判断が早い。どんな理由があったにしても、政府が指示をするようなものとは思えない。

ただ、こういった例がこれまでになかったのかどうか、僕は知らない。これまでの僕は、もっと静かな世界で生きてきた。情報局に所属し、デボラやアミラがいろいろと教えてくれるようになったから、初めて関わるようになったこと、といえるだろう。かつて僕の研究室で爆弾騒ぎがあったり、武力集団に襲われたり、理由のわからないことが勃発《ぼっぱつ》したのだ。そのときは、なにも考えなかった。ウォーカロンが暴走したのだろう、という単純な解釈もした。

しかし、誰かが確固たる理由のために計画して行ったものかもしれない。未だに、犯人はわかっていない。チベットであったクーデターだってそうだ。原因は究明されていない。そうではなく、理由があっても一般に公開できないだけなのかもしれない。

人間には予想ができないほど先の未来を計算し、とても評価ができないほど複雑な要因を理由としてまとめ上げることが、人工知能ならば可能なのだ。演算結果の可能性を、彼らは確率で判断するだろう。危険なものを避け、不確定なものを遠ざけ、安心で安全な選択をする。それがときどき、人間には異様な行為、突拍子もない愚行に見えるかもしれない。

そういうことなのではないか、と思った。

根拠のない疑いは抱かない方が良いと言ったのに、人間の頭は不合理なものだ。

ヴォッシュに相談すべきか。

否、もう今回のことは遅い。どうすることもできないだろう。

拉致《らち》されるメンバの安全が、せめて確保されることを祈るしかない。まさか、殺したりはしないだろう。僕にできることはないのだ、と自分に言い聞かせた。

その後、ぼんやりと別のことを考えようとした。もう会議のこともどうでも良くなっていた。

「ウグイさんがいらっしゃいました」デボラが言った。

ほぼ同時にドアがノックされた。僕はガウンを着て、ベッドで横になっていたので、飛び起きることになった。

ドアへ行き、少しだけ開ける。

「ちょっと待ってほしい」隙間《すきま》からウグイに言った。彼女の姿はモニタで確認できた。

部屋に戻って、大急ぎで服を着る。髪も濡《ぬ》れていたが、まあ、問題ない範囲だと思い、ドアを開けにいった。

「ちょうど、シャワーを浴びたところだった」僕は言った。

「失礼しました」ウグイは頷いた。「先生のお具合が悪いと聞きました。大丈夫ですか？」

「大丈夫大丈夫」僕は答える。身振りでウグイに部屋に入ってもらう。「コーヒーを飲もうと思っていた。ソファに座っていて」

「私が淹《い》れます」ウグイは、キャビネットに直行する。「キガタが心配していました。パーティの最初だけしかいらっしゃらなかったそうですね」

「君は、ずっといた？」

「最後近くまでいました」

「リョウ博士と一緒に？」

「だいたい、そうですね。でも、途中からアネバネに交替しました」

「そう……、それは、凄いな」僕はソファに腰を下ろした。

ウグイがコーヒーをテーブルに運んでくる。僕の分だけだ。自分は飲まないらしい。ソファに座るように手で招いた。彼女は、僕の正面に座った。

黙って、カップを手に取り、コーヒーに口をつける。香りと熱さが、コーヒーの神髄である。今、話さないといけないな、という決心を後押ししてくれた。

「大事な話があるんだ」僕は言った。

ウグイは、僅かに首を傾げた。

「明日、ホワイトの研究者たちが、ある集団に襲われて、連れ去られることになっている。私は、そのセッションの司会だから、控室で直前に講演者と打合わせをする。その場所で異変が起こる」

首を傾げていたウグイは、眉を寄せた。

「君に言いたいことは、手を出すな、ということ。銃を抜かないこと。この話は、局長から二時間まえに直接聞いたばかりだ。君に話すことの許可も得た。機密事項だよ」

「先生、大丈夫ですか？」ウグイは言った。「夢を見られたのですか？」

僕は、またコーヒーを飲んだ。少し微笑んだあと、溜息をついた。

「そう思うよね」僕は呟く。

「本当のことですか？　予言者みたいなことをおっしゃいましたけれど」

「だから、予言ではない。情報局員には、五分まえに通達されるらしい。それを聞き逃したりしたら、大変だと思ってね」

「聞き逃すなんて、ありえません」ウグイは言った。しかし、当惑しているのは、目の感じでわかった。彼女は人形のように無表情だが、最近それでも、微妙な差がわかるようになってきたのだ。今なら、ウグイ表情判別器を作れるかもしれない、と思う。

「質問してもよろしいですか？」

「うん。でも……、たぶん、まともには答えられないと思うよ」

「どうして、そんな強硬手段に出なければならないのかは、今は不問にします」ウグイは言った。「私がききたいのは、何故情報局の局長がわざわざ伝えにきたのか、です。これは、情報局が関与した作戦なのでしょうか？」

「わからない。でも、少なくとも、情報局員が実行部隊ではないだろう。それだったら、君たちにも話があったはずだ」

「そうだと思います。私は、リョウ博士に近づいていました。たとえば、彼を拘束するなら、私が最も適任です。そんな、みんなにわかるような場所を選ばず、今夜のうちに一人ずつ拘束する方が簡単です。何人なのですか？　拘束する対象は」

「知らない」僕は首をふった。「でも、一人や二人ではなさそうだった。たぶん、全員だろうね。参加者で、ホワイトの関係者は八人だったかな……、それくらいはいる。例の論文の連名者は四人だ。リョウ博士は、それ以外の一人だ」

「さきほど、会場で、リョウ博士のテーブルにいたホワイトの研究者に会いましたが、八人よりも多かったと思います。私が認識しているのは、男性が八人、女性が四人です。データを出しましょうか？」

「いや、今はいいよ。あまり考えたくない」僕は、また溜息をついた。「真剣に考えると具合が悪くなりそうだ」

「先生には、危険が及びませんか？」

「さあ……」

「さあでは困ります。たとえば、先生も拘束されたりはしないでしょうね？」

「え？　それは……、さすがにないと思う。抵抗しなければ、放っておいてもらえると思うけれど」

「もし、先生が拘束されそうになったら、私は銃を使います」

「いや、待ってくれ」僕は片手を開いた。「だから、そういうことがないように、とわざわざ事前に話しているんだってば。それに、私が拘束されるなんてありえない。するなら、今がチャンスだし、帰ってからだって、いつでもできる」

「作戦には、武器を使うのですか？」

「そんな話だったように思う」

「武器を使うということは、どういうことだと思われますか？　銃で相手を脅して、言いなりにさせるわけですか？　それでは銃を撃ったことと同じになります」

「うん、そのとおりだ」

「納得できません。局長に直談判《じかだんぱん》してもよろしいですか？」

「私にきかれても……」

「では、失礼します」ウグイはすっと立ち上がった。

「無駄《むだ》だって」僕は言った。「担当を下ろされるだけだよ。頭を冷やして……」

ウグイは、溜息をついた。

「君も、コーヒーを飲むと良い」

2

ウグイは、自分のコーヒーを淹れた。その後ろ姿を僕は眺めていた。彼女のスカートは、膝丈のもので、そんなスカートの彼女を見るのは初めてだった。パーティ会場で、キガタから僕のことで連絡を受け、ここへ直行した、ということだった。

「連絡が一時間半以上遅れたことを、キガタに注意しました」

「それは可哀想《かわいそう》だ」僕は言った。

「そんなに強く言ったわけではありません」

「それよりも、ホワイトの人たちは、どんな話をしていた？　なにかわかったことは？」

僕はきいた。

「皆さん、上機嫌《じょうきげん》でした。明日の発表が終わったら、チベットにすぐ帰ると話していました。今もの凄く忙しいとも」

「国際会議を最後まで聴いていかない、ということだね」

「それから、次々にテーブルに来る人が、皆さんおっしゃったのは、金融関連の話題のようでした。新しい事業を展開するから、慌《あわ》ただしいのですね。でも、研究者にそんな話をするのは、不自然ではありませんか?」

「不自然でも、するんじゃないかな。場合によるとは思う。チベットの工場で生産するんだね、きっと。おそらく、私たちが行ったあの頃から、その準備をしていたはずだ。設備というのは、短期間に用意できるものではない。開発や研究と同時に、生産態勢の整備も進めないと、ビジネス的なスタートに間に合わない」

「何を生産するのですか?」

「明日の発表を聴けば……、ああ……、そうか、それがなくなるのか」

「教えてもらえませんか?」

「想像だけれど、生殖機能を疎外しない細胞で作られた臓器、血液、筋肉、その他諸々《もろもろ》。それらを使えば、子供が産める躰のまま、永遠に生きられる。長寿と子孫繁栄が同時に手に入る、ということ」

「既に産めない躰の人には、無用の長物《ちょうぶつ》なのでは?」

「おそらく、そちらも、解決されているだろう。原因が突き止められたのだから、不可能ではない。すぐには無理にしても、そういった新しい細胞を導入する過程で、少しずつ、生殖に関わるパラサイトが生きられる環境を作り、そして、肝心のパラサイトを入れる。

そうすれば、全面的に解決だといえる。もうそこまでいくと、本当に個人のボディなのか、という疑問は出るだろうけれど、でも、方法としては間違っていない。それで、人類は絶滅を免《まぬが》れる。ウォーカロンなんか作らなくても良くなるかもしれない。メーカとしても、もの凄い空前のビジネスになるだろうね」

「それが、フスやホワイトであってはいけない、というのがわかりませんけれど」

「私もわからない。人間が考えたとは思えない」

「え？」下を向いていたウグイは視線を上げた。「どういうことですか？」

「人知を越えた判断だ」僕は答えた。「そんな印象だね」

「人工知能が考えたのですね」ウグイは頷いた。「私たちには、その判断の有効性が見えないだけだと？」

「仮にそうだったとしても、人間もいるんだから、わかるように説明してもらいたいものだよね」

「私もそう思います」

「しかし、その説明ができない事情がなにかある、ということかな。普通だったら、説明できない理屈は、相手を納得させることができない。でも、人工知能には、そんな納得が必要ない。データと処理系の能力で、信頼性は確保される」

「具体的に、私は、そのとき、どこで何をしていれば良いのでしょうか？」

「部屋に近づかないことだね。あと、キガタにもそうするように指示するつもりだ。アネバネにもね」

「先生にもしものことがあったら、後悔することになります」ウグイは上目遣いに僕を見据えている。

「講演者と司会者が打合わせをする部屋だから、部外者は入れない」

ウグイは視線を逸らし、テーブルから床を見る。なにか考えているようだ。

「時計係がいませんか?」ウグイは顔を上げた。

「時計係?」

「司会者の隣に、スタッフが座っているのを見たことがあります。講演が時間になったら、ベルを鳴らすのでは?」

「それは、だいぶまえにあった習慣だ。どこでそんなものを見たの?」

「私の卒論発表会のときです」

「何を発表したの?」

「万葉集に隠された記号と予知」

「何? 何が隠されているの?」

「今そんなお話をしたくありません。明日のセッションでは、司会者に助手がつきませんか?」

「ああ、えっと、いるね。時計係ではなく、進行のチェックをする、司会補佐がいる。実行委員会のうちの若手か、学生か院生が担当する」

「明日の先生の補佐は誰ですか?」

「誰だったかな?」

「アカマさんです」デボラが教えてくれた。

「え、そうなの?」僕はびっくりした。「アカマか、久し振りだなあ」

アカマというのは、僕がニュークリアに来る以前に勤めていた研究所で、僕の助手をしていた男である。

「どこにも、名前は発表されていませんね?」ウグイがきいた。

「そう、実行委員会の事務局が勝手に決めているんだと思う。そうか、アカマに会えるのか、それは楽しみだな」

「私が、その係をします」ウグイが言った。「アカマさんに連絡して、交替になったと伝えて下さい。リョウ先生たちは、私のことを、ハギリ先生の秘書だと思っていますから、司会補佐をしても自然に見えるはずです。それとも、アカマさんが困るようなことがありますか?」

「いや、ない」僕は首をふった。「そういった雑事を異様に嫌がる男だからね。連絡先がわかる?」

「国際会議の参加者リストにあります」デボラが言った。

「気づかなかったな。そうか、アカマか。もしかして、さっきのパーティにいた？」

「いいえ、明日の朝にキョートに到着の予定です」デボラは、瞬時にそれを調べたようだ。

「司会補佐なら、打合わせの控室にいられます」ウグイがゆっくりと言いながら、僕の目を見据える。「そうします。参考のために、先生のご意見だけは伺いますが……」

「うん、抵抗しないと約束してくれるなら」僕は答えた。「もちろん、君が近くにいてくれれば、私としても安心だけれど……。しかし、アカマが変な想像をしないかな。どうして、交替になったのか、そこでたまたま事件が起こったりしたら……。あいつ、けっこう頭は切れるからね。私から連絡したら、事件に関わっていることがばれてしまうかもしれない」

「アカマさんが遅刻するように細工をします」デボラが言った。

「あ、それが良いですね」ウグイがすぐに反応する。

「どうやって？」僕はデボラに尋ねた。

「アカマさんが寝坊をする、コミュータが道を間違える、信号トラブルで電車が遅れるなど、方法は、百二十通りほど演算できました」

「可哀想に」僕は溜息をついた。「あ、そういえば、アカマは君を知っているはずだ」

ウグイはアカマに会っている。アカマの部屋の捜索もしたのだ。

「大丈夫です。私はあのときとは違います」

「あ、そうかそうか」僕は頷いた。ウグイは当時と顔が変わっているのだった。

「それから、念のために」ウグイは言った。「名前をお間違えのないように」

「あ、そうだね、シキブ君」

3

なかなか寝つけなかった。

明日起こることを想像してしまう。

こうしてみると、予言者というのは、ストレスのある仕事だと思う。きっと、あっという間に終わるのだろうけれど、しかし、そのあとどうなるのか、あれもこれもと関連することを思いついてしまう。最も関心があるのは、拘束したあと、彼らをどうするのか。また、ホワイトと、誰がどのような交渉をするのか、といった点だった。

もちろん、とうに人工知能が最適の方策を弾《はじ》き出《だ》しているだろう。ペガサスが関わっているかもしれない。シモダは、デボラに口止めをしなかった。アミラやオーロラには既に情報が伝わっている。もしかしたら、僕よりもさきに、そちらへ話を持っていった可能性だってありそうだ。

そう……、デボラは、もしかして知っていたのではないか。

それくらい、総力を結集した作戦のように思えてきた。そうでないと、非常に危うい行為になってしまいかねない。そんな不完全なことを実行するはずがない。

そう考えると、明日起ころうとしていることは、人工知能どうしの対決にも見えてくる。アミラ、オーロラは、日本政府についている。ペガサスも当然だ。

では、ホワイトのバックには、誰がいるのか？

待てよ……。

アミラは、ホワイトの敷地内に設置されたスーパ・コンピュータだ。その電源は、明日発表が予定されているドレクスラが設置したものだ。彼がアミラを蘇らせたといっても良い。

なにか変だな、と思った。

違和感がある。

アミラが、ホワイトを危機に陥れるようなことをするだろうか？

アミラとデボラはつながっている。デボラは、アミラの使者ともいえる存在だ。そのデボラは、制限はあるものの、日本の情報局の中に入ることができる。オーロラも、情報局によって蘇った。今は、日本政府の顧問のような立場にいる、と聞いている。

イシカワの研究所にいた人工知能・カンナは、宇宙へ旅立った。カンナは、イシカワが行った開発・研究のすべてを知っていたはずだ。そのカンナが、それらをすべて投げ出した。人間であれば、自殺に近い振舞いだった。自暴自棄といえるかもしれない。大勢の犠牲者を出す大惨事となった。

そのイシカワの事故に、まっさきにウォーカロン部隊を送り込んできたのが、ホワイトだった。その部隊も犠牲になったものの、その後の被害は最小限に食い止められた、と世間では認識されている。

情報局は、イシカワのメモリィチップを最終的に手に入れることができた。イシカワが残した貴重な情報が、その中にあったはずだ。

もしかして……、

そのときから仕込まれていたのか？

カンナが残したチップなど、存在しなかったのでは？

自殺する理由は、すべてを消したかったからではないのか。

この技術は世に出してはいけない、という判断があったのかもしれない。そういった例というか、雰囲気は、この分野には常に漂っているものだ。

イシカワは、ホワイトに所属していたけれど、フスとはライバル関係にあっただろう。

現在のホワイトは、ほとんどフスの勢力で占められているという。イシカワが消えつつある今は、独占ともいえる地位に上りつめたも同然。

ホワイトのウォーカロン部隊は、イシカワで何が起こったのかを知っていたのではないか。彼らの目的は、研究所のカンナだった。カンナが持っている情報か？

そうではない。カンナは既にメモリィを消し去っていた。キガタが宇宙にまで取り戻しにいったが、あそこにも、おそらく肝心のものはなかったはずだ。人工知能がそんなノスタルジィで行動するとは思えない。

ただ、大事な記念品を墓場へ持っていく、と人間は考えた。

人間がそう考えることも、カンナは予測していた。

では、宇宙にまで取りにくる、と予測していただろうか？

そうだ……、情報局での、あの会議に、ペガサスが出席していたではないか。ウグイかキガタが、それを言いだすことも、おそらくは予測していた。そうでなくても、誰かに行かせた可能性はあるし、それができる立場だった。

地上のロボット・オーガスタに残したメモリィチップと、スペースステーションにまで到達したアポロにあったメモリィチップには、どんな意味があったのか。

何故、二つのチップが必要だった？

どちらかが見つかれば良い、と考えたのか。

否、そうではない。囮《おとり》のオーガスタの方は、おそらく早い段階で見つかったはず。その名前は、事件の当初から伝えられていた。ホワイトの部隊も、当然それを知っていたはずだ。

なるほど……。

つまり、そちらの方のチップも囮だったのか。

ホワイトは、あの部隊を送り込んで、チップを入れ替えたのだ。

そのまま引き上げたのでは疑われる。彼らは犠牲になることが前提であそこに入った。本人たちの意志ではなく、そうプログラムされていたのだ。

ホワイトは、イシカワに存在するチップを入れ替える必要があった。それが、今回の発表に関わっているものだった。

すなわち、人間の生殖治療の技術開発の核となるデータだ。

それは、イシカワにあった。

それを手にした者が、世界のトップメーカの地位に立てる。発展が約束され、企業としての未来も安泰となるだろう。

カンナは、証拠を掴《つか》むため、チップを入れ替えさせたのだ。

イシカワは、競争に破れたのではなく、もしかして、勝っていた？

それを、カンナが阻止《そし》した。それが、人類にとって危険な選択だと彼女は演算したのではないか。多くの犠牲を出し、自分の存在も消してしまうほどの、決断と実行だった。

ホワイトが部隊を送り込み、チップを取りにくる、あるいは偽装チップと交換しにくることも、カンナは予想していただろう。だから、オーガスタを囮に使って、そこに偽のチップを装着しておいた。

ホワイトの部隊は、そのチップを交換し、中身を確かめただろう。しかし、そこには重要なデータがなかった。交換したチップにも、もちろんなにもない。

だが、宇宙へ持ち出したメモリィに、肝心のデータが存在した。人間はそれを取りにくるだろう。それをするのは、日本の情報局以外にない。ペガサスもオーロラも、あの危険なプロジェクトに反対をしなかった。

キガタが持ち帰ったチップには、データがあった。あるいは、そのバックアップが、最後に見つかった例のチップだった。

同時に、オーガスタのチップが偽物であることが判明した。

その証拠を、すなわちホワイトの不正の事実を、日本政府は握ることになった。これらをすべて、カンナが仕組んだのだ。

一方で、このストーリィをアミラが演算しないはずがない。アミラは、ホワイトに電源を握られているから、自身の安全のために黙っていた。デボラも、アミラが言ってこなければ、そういった想像をしない。たとえ演算しても、確率は低く見積もられるだろう。

ホワイトやフスにも、アミラ級のスーパ・コンピュータが当然存在する。それらは、イシカワがすべてを放棄した、と最初は捉《とら》えた。

だが、キガタが宇宙に派遣されたことは察知したはずだ。まさかそこまでするとは演算していなかったかもしれない。また、カンナがそこまで見越してデータを残そうとする確率も低い、と演算しただろう。

キガタが持ち帰ったデータを、日本政府、情報局は極秘にした。どこにも発表していない。しかし、発表しないことで、あるいは核となる情報が存在するのではないか、という憶測は高まる。

ホワイトは、イシカワを吸収したい。しかし、日本はイシカワを半国営化して援助する案を提示している。問題は資金源だ。おそらく、秘密裏にその調達に動いていることだろう。

ここでもし、ホワイトが新ビジネスを発表したら、すべてはご破算となる可能性がある。

日本は、ホワイトが不正にチップを入れ替えた証拠を握っているのか。

それとも、ホワイトの今回の発表自体が、偽装なのかもしれない。

イシカワの半国営化を止めるために、芝居を打った可能性はある。発表しても、すぐに製品が出荷されるわけではない。時間がかかるのは当然だ。ときには何年も延期になることだって珍しくない。

それでも、投資家は、ホワイトに群がるだろう。イシカワの半国営化は遠ざかり、この期間にホワイトに吸収されるシナリオが現実化する。ホワイト、あるいはフスとしては、そこまで待てば、イシカワのデータが手に入ると考えているのかもしれない。

普段、こんなことを僕は考えない。

たまたま、明日起こる事件のことが気になって、あれもこれもと想像してしまった。人間には感情があって、理屈で割り切ったとおりにはならない。予想外の展開へと向かうことが少なくない。しかし、人工知能はそうではない。理屈で割り切れる、合理的な道を進むだろう。

人間ならば、考えてもしかたがないと思えるようなさきざきまで、細かく予想する。彼らには、感情というものがない。最善の結果を導くために、さまざまな道筋をすべて確認し、トータルで判断をするのだ。

僕は寝返りを打った。

今考えていることは、デボラには相談できない。

相談すれば、テーマが複雑化するだけだ。

誰かに話したいけれど、思い浮かぶのは、タナカ、ヴォッシュ、ウグイくらい。

とにかく、明日は大人しくしているしかないか……。

4

何十年も生きてきて僕が学んだことといえば、とにかくなにがあろうと、次の日が来ないことはない、という絶対法則である。子供のときには、突然時間が止まって明日が来ない、あの日が最後だった、ということがいつか起こるのではないか、と不安を抱いていたのだが、幸いなことに自然や宇宙の運行は勤勉なこと極まりない。

翌日は、八時に起床して、キガタとウグイとアネバネと一緒に、僕の部屋で食事をした。ワゴンをキガタが押して入ってきた。そういうサービスを頼んだらしい。トーストとエッグとサラダだった。コーヒーも飲んだし、フレッシュジュースも飲んだ。食べ終わったのは九時頃で、会議の開会式まであと十五分だった。

「開会式には、出られますか?」キガタがきいた。

「そうだね」僕は頷いた。

ちらりとウグイを見てしまった。どうも僕の挙動が不自然ではないか、と心配だ。なにしろ、あと一時間ほどで、キガタとアネバネには指令が来る。その五分後には、事件が予定どおり起こるのだ。

僕は、できるだけ普段どおりに行動しようと、肩に力が入っているようだった。自分がロボットになったみたいだ、とも感じた。

開会式は、学会長が十分ほどスピーチをしたが、まったく頭に入らなかった。自分が司会をするセッションで発表される論文には、既に目を通してきた。頭の中で、それらのページを広げて、再読しようと自分をコントロールした。

ホワイトが発表する論文は、非常に抽象的なことしか書かれていないものだった。タイトルは、〈新しい細胞を用いた治療の可能性について〉というもので、これなら、このジャンルのすべてに使えるだろう。本文も、既往の研究、現在の社会における問題、開発研究の現状と展望などが取りまとめられているだけで、オリジナリティのある具体的な内容は書かれていない。もっとも、国際会議にエントリィする時点では、この程度のものしか用意できなかった、ということはありえる。当日までに詳しい最新のデータを揃え、図面を用意して、発表に臨むことは、半分ほどの研究発表で実際に行われているところだろう。

だから、昨日までの僕は、ホワイトが研究課題を取りまとめて発表し、今後のこの分野における進展と協力を呼びかけるものと考えていた。セッションでは、ホワイトの四編のほかに、同じ分野の研究が八編ある。これらの十二編に二時間をかける予定だ。講演者が発表し、そのあと質疑があり、ちょっとした議論がある。あまり時間はないので、詳しい内容に踏み込んだ議論はできない。また、発表については審査もない。

研究の発表と議論および審査というのは、通常は雑誌上で行われるもので、このようなシンポジウムなどでの口頭発表は、顔見せイベントにすぎない。そういう場なのである。しかし、マスコミを通して一般社会に与える影響は、むしろ、こちらの方が大きいだろう。実際に世界中の研究者が一堂に会するだけで話題性があるし、マスコミもニュースとして取り上げやすいからだ。

もし、打合わせのときに、講演者の何人かが拘束されれば、セッションの開催自体が中止になるかもしれない。そうなれば、僕は司会をしなくても良くなる。まさか、知らん顔で残りの八編を発表することになるとは思えない。国際会議自体も中止になる可能性が高い。武器を持った者が侵入したという時点で、大混乱になるのは必至だろう。開会してすぐに中止になることがわかっているのに、今、僕は開会式に出席しているのである。

周りの誰も、これから起きることを知らない。知っているのは、僕とウグイだけだ。

時計を見た。

鼓動《こどう》が速くなっているような気がした。

開会式のあとは、まずは委員会報告がある。各国の関連委員会から、四つの報告が予定されている。そのあとが、僕が司会をするセッションだ。セッションが始まる十五分まえに、関係者は控室に集合することになっている。

会長の開会挨拶が終わり、打合わせが始まる九時四十五分まで、あと三十分少々になった。キガタとアネバネに指令が届くまでに、あと二十五分である。

落ち着かなくなってきた。

こんなことで大丈夫だろうか。この歳になっても、いざとなると上がってしまう。いや、上がってしまうという感じではない。

自分だけが知っている、もうすぐ起こる災難。

こういった場面は、これまでになかった。場慣れするにも、できないシチュエーションだ。どきどきするのは、どうなるのかわからない部分があるからかもしれない。

具体的に、どこからどのように現れるのか、どうやって拘束するのか、といった点が不明だ。でも、それほど広い範囲の想像はできない。

隣に、ウグイが座った。

彼女の顔を見る。ウグイもこちらを見て、軽く頷いた。

なんとなく、少し落ち着ける。大丈夫だ、と自分に言い聞かせた。

自分自身に危険が及ぶ場面よりも、今の僕は緊張しているような感じがする。

ウグイは、なにも言わなかった。

大人しいスーツ姿だった。メガネもかけている。秘書らしい装いである。おそらく、かけているメガネは、なにかの機能を備えたゴーグルだろう。武器を持っていないだろうか、否、ウグイが武器を持っていないはずはない、と心配になる。

まだ、二十分ほどあった。

「キガタは?」僕は、ウグイに小声できいた。なんでも良いから、話したくなっただけだ。

ウグイは、指を控えめに横へ向けた。

そちらを見ると、会場の壁際にキガタが立っていた。論文集を持っている。参加者に成り済ましている。アネバネは、どこだろう。昨夜のパーティのようなファッションではないはずだ。姿は見当たらない。

人工知能が演算をやり直して、計画が変更、あるいは中止になることを祈ろう、と思ったけれど、祈ったところで事態が変わるとは思えない。

演台では、委員会の報告が行われている。会場は、およそ三百席ある。それほど大きくはない。講演者の横には、ホログラムも平面スクリーンもあるし、また、参加者はゴーグルで、それらを間近に見ることもできる。英語が基本ではあるけれど、何語で話しても支障はない。

今は、まだ後ろの方の三分の一が空席だった。次のセッションでは、おそらく満員になるだろう。最も注目されている分野だし、ホワイトかフスが、重大な講演を行うことを、おそらく大勢が知っている。たぶん、満席になり、後ろも横も、壁際には大勢が並ぶことだろう。

そんなメインのセッションが、土壇場《どたんば》で中止になるのだ。

もしかして、中止になりました、とアナウンスする役は、僕だろうか？

そう思っただけで、また鼓動が一段と大きくなった。

控室は、この会場の舞台の裏手になる。通路を挟んで隣の部屋だ。つまり、この会場で委員会報告が続いている間に、その控室で打合わせを行う。そこに侵入者があれば、音がするかもしれない。通路で目撃した何人かは声を上げるだろう。会場にそれが伝わる可能性は高い。大騒ぎにならなければ良いのだが。

僕の頭の中では、この建物の配置図が展開していた。ここは地下だ。地上に出る階段は、六箇所ないし八箇所ある。二つは一般用ではない。エスカレータは一箇所だけ。エレベータは四基、荷物用のものが二基。

その武力集団は、どこから侵入するだろう。少なくとも二十人か三十人。連れていくのは、四人から八人か。多く見積もれば、合計四十人が逃走するのだから、バスが必要なくらいだ。

そうか……。

何台ものクルマで逃げるだろう。地下には駐車場はないから、どこかから地上に出て、駐車場へ行く。外には百人以上の警官がいるのだが、警察とは話がついているようなことを、シモダは話していた。実際、そこまで僕は見ることができないだろう。しかし、そういったシーンが、頭の中で映画のように流れていた。

少なくとも、その想像に頭を使っているうちは、落ち着いていられた。外見上は平静に振る舞える。

時間が近づいてきた。

5

打合わせが始まる時間の十分まえに、僕とウグイは席を立った。通路に出て、まず、ロビィにある受付へ行く。ここに、会場係の本部がある。会場係のトップはこの僕であるから、そこにいるスタッフは皆、僕のことを知っている。スタッフの一人が僕の近くへ来て、困った顔をして言った。

「アカマさんから連絡があって、トラブルで時間に来られないそうです」

「なんだ、寝坊でもしたのかな」昨日から考えていた台詞《せりふ》である。「えっと、では、代わりにシキブさんにお願いすることにします」

スタッフは、それが誰なのかわからないので、眉を寄せた。

「私です」横に立っていたウグイが言った。

「あ、はい、よろしくお願いします。もし、途中でアカマさんがいらっしゃったら、どうしましょうか?」

「うーん、途中で来られても困るから、もうなにもしなくて良いって」僕は答える。

「でも、バイト料のことがありますが」

「私はいりませんので、アカマさんにお渡し下さい」ウグイが、聞いたこともない可愛《かわい》らしい声で言った。どこからそんな声を出したのだろう、と尋ねたくなる。

けれども、微笑むようなことはない。緊張は続いている。すぐに、現状を思い出し、再認識した。

僕とウグイは、通路を奥へ戻った。通路にも、参加者が大勢いる。委員会報告などに関心はないが、次のセッションは良い席で聴きたい、と思っているのだろう。会場入口の近くで待機しているのだ。

通路を奥へ行き、角を曲がった。ちょうど舞台裏になる。この通路には誰もいなかった。会場へ入るドアがないからだ。ほぼその中央に、控室のドアがある。

武装集団は、この通路から控室に来るしか方法がない。今は誰もいない。ドアを開けるまえに、通路の先を見た。行止まりではなく、直角に曲がっていて、会場の反対側に面した通路になる。その角に、金属製のドアがあった。

「あのドアは、配置図にはないね」僕は、ウグイに言った。

「設備機械室、関係者以外立入り禁止、とあります」ウグイが言う。

僕にはその文字は読めなかったが、ドアにそう記されているようだ。ウグイの片方の目は人工のものだから、文字どおり人間離れした視力を持っているが、あるいは、メガネの機能なのかもしれない。

控室のドアには、〈第一セッション講演者控室〉と表示されていた。僕は、それを開ける。

中は無人だった。広い部屋ではない。テーブルと椅子が並んでいるが、それ以外に家具は置かれていない。地下なので窓もなく、周囲は白い壁。ドアは入ってきた一つだけである。

入口に近いテーブルに、名前が書かれたプレートが置かれていた。各自が自分のものを手にして、席に着くように、という意味である。僕は、自分の名のものを手にとり、アカマのものをウグイに渡した。それぞれ、〈司会者〉と〈司会補佐〉と記されている。

配置からして、一番奥が司会者の席のようだった。僕は真っ直ぐそこへ歩き、ネームプレートをテーブルに置いてから、椅子の一つに腰掛けた。ウグイは、少し遅れて、通路の外を左右見たあと、ドアを開けたままにして、部屋に入ってきた。打合わせ開始まで、あと八分ほどである。

「設備機械室って、何の機械かな?」僕はデボラにきいた。

「データがありません。空調機器は別の場所にありますから、おそらく緊急時の発電施設、あるいは電気関連の設備か、備品の倉庫ではないかと」デボラが答えた。

「この建物の配置図には、なかったね」僕は言った。会場係として、事前に配置図を入手していたが、そんな部屋はなかった。僕は図形に関しては、わりと記憶に自信がある。

「公開されている建築図にも、あのドアは存在しません」

入口から一人が覗き込んだ。男性だ。彼は、ネームプレートの一つを手に取り、奥へやってきた。僕たちに軽く頭を下げる。ネームプレートを見ると、中国人だった。ホワイトの関係者ではない。

時計を見た。あと五分である。

このあと、ぱらぱらと部屋に人が入ってきた。いずれも発表者である。知った顔の日本人もいた。名前だけ知っているヨーロッパの研究者も。この部屋に入ることができるのは、発表者か連名者である。僕は、入室者たちに目を合わせ、軽く頷くだけで、なにも言わなかった。

不思議なことに、緊張感は消えていた。そこを通り過ぎたのかもしれない。アドレナリンの作用か。

開始時刻まえの一分間に、ホワイトのメンバが大勢で現れた。人数を数えると、八人だった。それは、今回の連名者全員の数と一致しているが、人間は一致していない。少なくともリョウ博士がいたからだ。それぞれがネームプレートを手に取った。用意したプレートはこれですべて使われたことになる。リョウは、誰かの代理で発表するわけだから、その人物のプレートを取ったはずだ。とりあえず、欠席者はいない、ということである。

ホワイトのメンバは、僕に近いテーブル二つに分かれて座った。リョウは、一番前のテーブルに着いた。

「ハギリ博士、よろしくお願いいたします」彼は日本語で挨拶した。そして、ウグイに微笑んで、軽く頷いた。

ウグイがどんな反応をしたのか、僕は見ていなかった。部屋の入口に視線が向かっていたからだ。誰もまだ、そこにはいない。

ホワイトの八人は、男性が六人、女性が二人。見た目の一番歳上は、ドレクスラである。僕の顔を見て日本人のように丁寧なお辞儀をした。彼のすぐ隣には、ヴァウェンサの顔があった。チベットで会った若手の研究者だ。彼はウォーカロンだ。僕が知っている顔は、リョウを含めて三人だけで、あとの五人は、名前も知らなかったし、顔を見るのも初めてだった。

全員が、テーブルの上に置いた自身の資料に目を落としている。これから発表するのだから、少なからず緊張しているはずだ。

「時間になりました」隣のウグイが囁いた。僕は頷いて応える。

僕は立ち上がった。全員の視線が僕の方を向いた。

「それでは、第一セッションの講演の打合わせを始めたいと思います。私は、司会を担当することになりましたハギリです。よろしくお願いいたします」僕はお辞儀をする。講演者たちも、座ったままだが頭を下げた。

僕は腰を下ろしてから続けた。「まず、発表の順番ですが、論文集の順で問題ないかと思います。講演時間は六分間です。その後、一題ずつ、質疑の時間となります。ただし、最初から四題めまでは、同じグループの同一テーマのものと思われますので、連続してご発表いただき、質疑はそのあとにまとめて受けるようにしたいと思います。ドレクスラさん、それでよろしいでしょうか？」

「はい、先生、それでけっこうです」ドレクスラが答える。

「四題を、お一人で講演されますか？」

「いえ、私が最初に概要を話し、途中でリョウに交替、そののち、ヴァウェンサに交替します。三人で講演を行う予定です」

「わかりました」僕は頷いた。「四題なので、二十四分が講演時間になります。それでよろしいでしょうか？」

「はい、それでけっこうです」ドレクスラが答えた。

「質疑の時間は、十六分です。よろしくお願いいたします」
僕がそう言ったときだった。
通路で音が鳴った。鈍い破裂音だ。
僕は入口を見た。
白い煙が、もの凄い勢いで部屋の中に入ってきた。
立ち上がった。振り返った人が多い。
しかし、あっという間に、なにも見えなくなった。
ウグイが、僕の腕を握り、誘導し、壁際まで下がった。
足音が聞こえる。
これは、煙幕だろうか。
幾つか、音がする。
テーブルか椅子が倒れる音か。
まだ、誰もなにも言えない。
単なる火事ではないことは、わかっただろう。
爆発という音ではなかった。
爆弾にしては音が小さい。
息苦しくなってきた。

ウグイの手が、僕の手首を強く握っている。

彼女が、躰を寄せてくる。

「先生、これは……、催眠ガスです」彼女の声が聞こえた。

それから、すぐ近くに人の気配が迫った。

白い煙の中から、黒いものが突然現れた。

僕は、床に座っていた。躰に力が入らない。手足が伸び切っている。

ウグイの手も離れた。

代わりに、黒い手が、僕の手首を掴んだようだった。

不思議な感触。

浮かんでいるような。

消えていくような。

手の感触は、どこか遠くから引っ張られているみたいな、まるで自分ではないものを掴まれているみたいな、距離のある鈍さだった。

白い煙は、薄れつつあった。

誰もしゃべらない。

咳《せき》をする声。

人が動く音。

もう目が開けられなくなった。

躰の感覚も消えていく。

やっぱり、思ったとおり、予定どおり、実行されたのだ、という思いだけがあった。

しかし、こんなやり方は、想像していなかった。

こんなやり方?

6

目が覚めた。

しかし、目がなかなか大きく開けられなかった。

目が痛い。それに加えて、気分も悪い。

躰の節々が固まってしまったみたいだった。まるで、自分が陶器にでもなった気分である。息を大きく吸ってみた。呼吸はできるようだ。とりあえず、生きていることはわかった。

もう一度挑戦して、目をきちんと開けてみた。

すぐ目の前に、ウグイの顔があった。

反射的に、僕は微笑んだようだ。

でも、ウグイの表情は変わらない。心配そうに僕を見つめている。

「あ……、えっと、大丈夫だった？」僕は彼女に尋ねた。

その自分の声が、聞き慣れない感じである。喉《のど》に違和感があったからだ。僕は咳払いを二回した。

ウグイは、さらに顔を近づけ、僕の顔を覗き込んだあと離れた。

今は、彼女の顔は横向きだった。

そのバックは、宇宙みたいに暗い。

明るい光の方向へ、なんとなく誘われるように視線を向ける。

小さな窓か。あるいは、小さなライトのようだ。人工的な明かりだろうか。目が慣れていないせいだ。今は、夜だろうか。

「ご気分は、いかがですか？」ウグイがきいた。その声が懐かしい。いつもより三倍くらい優しい声に聞こえた。

僕は頷いてみせた。

僕は横になっている。寝ていたのだ。頭の後ろが床だ。硬い床である。仰向けになっていた。ウグイは僕の横で跪《ひざまず》いている。彼女の膝が、僕の肩に触れるほど、すぐ近くにあった。

僕は、力を入れて、起き上がろうとした。自分の腕を使うことになる。まず、躰を捻って、横を向いた。ウグイに近づく方向で、彼女が僕の腕を受け止めてくれた。自分の躰なのに、どうもよくわからないが、正常に動いていない感じがする。フィードバックが怪しい。感覚が鈍っているのかもしれない。

それでも、僕は起き上がった。自分の脚を見た。片方を折り曲げる。

大きく深呼吸。

どこかが痛いということもない。でも、頭は、存在しないくらいぼうっとしている。単に寝起きだからではない。そう……、酔っ払っているのに近いだろう。

暗い部屋のほぼ全域が把握できた。僕とウグイの二人だけしかここにはいないようだった。

もしかして、夢かな、と思う。

そんなことはない。躰が痛いし、床の砂っぽさもリアルだった。

何があったのか、と考える。

なかなか思い出せなかった。特に、どうしてウグイがここにいるのか、が不思議だ。

「怪我はありませんか?」ウグイがきく。

「えっと……、わからない。でも……、どこも酷くは痛くない」僕は答えた。そういえば、こういう声だったのだ、と思い直した。また、意識して深呼吸をした。「えっと、ここは?」

「わかりません」ウグイが首をふった。

「そう……。えっと……、ああ、そうか、打合わせをしていたんだ」

ようやく記憶が戻ってきた。国際会議だった。十秒くらいかかって、映像が巡った。白い煙が部屋に充満したところで、シーンは終わっている。

「時間がわかる？」僕は尋ねた。

「はい、今は、午前二時半です」

「午前？　ふうん。えっと……、翌日ってこと？」

「そうです。あれから、十六時間半ほど経過しています」

「そんなに寝ていたのか……。君は？」

「私は、三時間まえに、目が覚めました」

「ほかの人たちは？」

「わかりません」

「誰か、近くにいない？」

「なにもわかりません。部屋からは出られません。音は聞こえませんし、電波も届きません。ネットワークも遮断《しゃだん》されているようです。デボラと連絡も取れません」

僕は、片膝を立てた。立ち上がろうとする。少しふらついて、ウグイに助けられたものの、どうにか自力で立つことができた。部屋の隅へ行き、壁に手を触れる。冷たいコンクリートのようだった。

明かりのように見えたのは、ドアにあいた小さな窓だった。そこから外を覗くことができる。そちらへ歩いて外を見た。通路のようだった。少し離れたところに白い照明が灯《とも》っているだけで、空間に対して照度不足だ。角度的にも、全体は見渡せない。

ウグイが近くへきた。僕に顔を近づけて、耳許《みみもと》で囁いた。

「カメラが天井の近くにあります。撮影されています。集音もされているはずです」

「そう……」ちらりと天井を見たが、どこにカメラがあるのかわからなかった。暗いからだ。メガネのせいかもしれないが、ウグイは目が良い。それに、いくら小声で話しても、マイクは拾うはずだ。

「あそこで、眠らされた。ガスを使ったんだね。それで、ここまで運ばれてきた。少なくとも、運んだのは、正規の救急車ではないようだ」

ウグイは無言で頷いた。彼女も一緒に運ばれてきた。二人を同じ部屋に入れたのは、同じグループと見なされたということか。ホワイトの八人も、当然運ばれただろう。少なくともそういった武力行使があることが予告されていたから、そう考えるのが順当である。

何故、僕たちが連れてこられたのか、という疑問がある。

見分けがつかなかったのだろうか。もしかして、あの部屋にいる全員を連れてきた？

そんな可能性は低い。こうして、僕たち二人は、ホワイトのメンバとは違う部屋に入れられているのだ。彼らは、今どこにいるのだろう。近くの部屋に監禁されているのだろうか。

「どこかな、ここは」僕は呟いた。

「建物の内部です」ウグイが言った。「ネットワークがつながらないので、地下なのではないかと思われます」

「窓もないしね。何の部屋かな、物置みたいな感じだね。少なくとも、牢獄ではない。綺麗とはいえないけれど、それほど埃《ほこり》っぽくもない。まあまあ掃除が行き届いている。ただ、暗いし、人間が使う居室ではない。普通の部屋だったら、照明が灯る、少なくとも通路に」

「ドアは、それほど頑丈な作りではありません。普通のドアに、普通の鍵がかかっているだけです。体当たりしたら、壊せるかもしれません」

「やめた方が良い」僕はドアから離れた。

壁伝いに周囲を歩く。部屋の広さは四メートル四方ほどで、ほぼ正方形だった。空調などの設備がないようだ。換気口もない。ドアにあいた窓から空気が出入りするだけだ。機械室か、それとも倉庫か、あるいは工場の一画なのではないか。

ドアに鍵がかかっているのだから、監禁されていることはまちがいない。待合室とか休憩室ではない。家具はないし、座る場所さえない。

幸い、靴は履《は》いたままだった。

僕は自分の服装を確かめた。あのとき着ていたままだ。ポケットに手を入れて、カードなどの所持品を確かめた。なくなっているものはなさそうだ。ウグイの服装を見る。彼女も、あのときのままに見える。

「君は、所持品に異常はない？」ウグイにきいた。

「いいえ」ウグイは首をふった。「武器を奪われました」

「持っていたの？　いくつ？」

「三つです」

「そんなに？」どこに何を隠し持っていたのかは、きかないことにした。「それ以外には？」

「身分証明カードは、取られていません」

「なるほど。しかし、君がシキブではないことは、知られたかもしれないね」

「はい」ウグイは頷いた。「その可能性はあります」

「まあ、私の部下だと認識されただろう。同じ部局にいるわけだから」

「はい」

どことなく、ウグイは気落ちしているようだった。声にいつもの張りがない。銃を奪われたからだろうか。彼女にしてみたら、こんなことがないように、わざわざ僕の近くにいたのだから、責任を感じているのかもしれない。返事がしおらしい感じに聞こえたのは、そのためだろう。

「歓迎されてはいないけれど、でも、虐待されているわけでもない。縛り上げられてもいないし、目隠しもされていない。寒くも暑くもない。仲間二人で話が自由にできる状態だ」

「そうですね」ウグイはそう言って、息を吐《は》いた。「先生と一緒だったことは、一縷《いちる》の希望です」

「難しいことを言うね」僕は微笑んだ。少しだけ気分が良くなってきたようだ。「そのうち、誰か話しにくるんじゃないかな」

「身代金を要求しているのかもしれません」ウグイが言った。

「ありえるね。情報局は、私たちにいくら払ってくれるだろう?」

「私には払わないはずです。先生には、ある程度の額は出すはずです」

「君にだって払うと思うよ」

「いいえ、局員はそういう契約をします。払う場合は、立て替えるだけで、退職金が上限です」

「それはまた、酷い話だ」

「この件は、公開されていません」ウグイは少し笑ったようだ。ジョークを言ったのかもしれない。

「それも、酷い」

「酷い話は、情報局にはいっぱいあります」

「まあ、とにかく、立ち話もなんだから、そこに座ろう」そう言って、僕は奥へ戻って腰を下ろし、壁にもたれかかった。「それとも、朝まで寝る？」

「眠くありません」ウグイも、僕の横に腰を下ろした。

僕は両脚を真っ直ぐ投げ出している。ウグイは膝を折って、そこに腕をのせた。正面のドアの窓から入る光で、彼女の顔が今までで一番よく見えた。

「国際会議はどうなっただろうね？」

「中止だと思います」

「ホワイトの八人は、まだ生きているかな？」

「そうですね……。私たちが生きているから、おそらく同じなのではないかと」

「こういう場合が考えられる」僕は、そこで一呼吸置く。この仮説は願望かもしれない。だとしたら、話すべきではないが、今はほかにすることもないし、ウグイしかいないのだから良いだろう、と判断した。「たとえば、ホワイトのメンバの拉致が目的だった場合、つまり、僕が局長から聞いたとおりのことが実行されたとしよう。その可能性は極めて高い。しかし、その行為自体は、非常に危険なものだ。何がって、ホワイト、フス、そして中国から、日本に対して抗議が来る。国際問題になる。それは、私たちが話を聞いたときに、直感したとおり。誰でも考えるだろう。手際の良い誘拐、警察がなにもできなかった事態などから、ますます日本政府の関与があったのではないか、と疑惑を招くことになる。だから、それを少しでも和らげるために、別の動機を用意しておく必要がある。犯行グループは、単なる身代金目的で誘拐したのだ、とね。そうなると、ホワイトのメンバだけでは不自然だから、ついでにそこにいた連中も連れ去る。その結果がこれだ」

「はい、筋が通っていますね」ウグイは言った。少し元気が出た様子だ。

今後の展開についての予想も話そうか、と考えたものの、それではまるで僕が人工知能みたいに思えてきた。確率の演算はできないから、そこは直感になるのだが、余計なことは言わない方が良いだろう、とセーブする。

ウグイが腰を上げた。物音が聞こえたからだ。こういった咄嗟の場合の機敏な身のこなしと、音を立てない躰の柔らかさが、局員の特徴の一つだが、ロボット開発などの技術者は、興味があるところだろう。

足音が近づいてくる。僕にも聞こえるようになった。

ウグイが前に出ていき、ドアの窓から外を覗いた。

僕は座ったままだ。下手に立ち上がったりしたら、きっと音を立ててしまうだろう。息を殺して待つしかない。

足音はすぐ近くになり、ドアの前で止まったようだ。

ウグイはなにも言わない。ただ、ドアからは離れ、僕の方へ片手を差し出した。手を広げている。そのまま待てのサインだろうか。

ドアが小さな金属音を立てた。鍵を解除したようだ。

7

ドアが開いた。

通路の光が斜めに入り込み、横の壁が明るくなる。

ウグイは、ドアの横に立っている。彼女の目の前に現れたのは、小柄な人物だった。ウグイよりもずっと背が低い。大人ではない。子供だ。

顔がよく見えなかった。照明が彼の背にあり、斜め後ろから照らされていたからだ。

少年はドアを押し開けながら、数歩室内に入った。

「ハギリ博士」少年は僕の名を呼んだ。「私が誰か、わかりますか？」

「君は……、もしかして、ペガサス？」僕は目をこらして彼を凝視していた。

「はい」少年は頷いた。「以前と違う顔なのに、よくわかりましたね」

「ロボットを変えたのは、どうして？」僕はきいた。

以前も少年の姿だった。そのときよりも、少し年齢が下に見える。顔も全然違っていた。

「こちらへ来るには、別の顔の方が良いと思いました」

「では、会場へも来たんだね」

「いいえ、現場にまでは行っておりません」ペガサスは、ここで頭を下げた。「こんな場所に閉じ込めたことを、心よりお詫びいたします。申し訳ありませんでした。お躰の具合はいかがですか？」

「いや、ずっと寝ていたので……」

「シキブさんは、いかがですか？」ペガサスは振り返り、ウグイに尋ねた。「それとも、ウグイさんとお呼びした方が、よろしいですか？」

「そんなことよりも、現在のこの状況を説明する方がさきではありませんか？」ウグイが言った。強い口調だった。

「お腹立ちはごもっともだと存じます」ペガサスはまたお辞儀をする。「どうかお許し下さい。これから、別のお部屋へご案内いたします。事情については、そこでご説明させていただきます」

ウグイが、僕に歩み寄る。彼女の手を借りて、僕は立ち上がった。

ペガサスについて、部屋を出る。殺風景な通路を歩いた。僕たちがいた部屋のドアのほかにも、似たドアが幾つかあった。しかし、中は暗いし、人の気配はない。通路は行止まりの手前で直角に曲がり、そこに階段があった。上にも下にも行ける。踊り場に照明が灯っていた。

ペガサスは、階段を上がっていく。遅れて、僕とウグイが上る。踊り場で逆を向き、次のフロアが見えてきたが、さきほどと同じような通路だった。階段はさらに上にも続いている。どこにも窓はない。

ドアを開けて、別の通路に出る。そこを歩く。突当たりにドアが見えたが、その途中の右側にあったドアを、ペガサスは開けた。室内の照明が灯った。奥行きのある部屋だった。

絨毯《じゅうたん》が敷かれていて、中央にソファが二脚。低い木製のテーブルがその間に置かれている。奥の壁には、大きなモニタがあって、今は明るい森林の風景を映し出している。両サイドに、それぞれ一つずつドアがあった。

テーブルの上には、二つのカップが置かれていて、仄かに湯気を上げている。温かい液体が入っているようだ。その色は黒かった。コーヒーだろうか。近づくと、淹れたばかりの良い香りがした。だが、電子的に作られた匂いかもしれない。

ソファの片方に、僕とウグイは座った。ペガサスは、ソファには座らず、僕たちの横に立ち、コーヒーをどうぞ、と手で示した。ウグイが、すぐにコーヒーカップを手に取り、それを試した。彼女の顔を見ると、僕に小さく頷いた。飲んでも大丈夫だ、ということでである。
「驚かれたと思いますが、さきほど、ハギリ博士がおっしゃっていた仮説が、ほぼ正しいといえます」ペガサスは語った。ペガサスの少年型ロボットに、僕は会うのは三度めになる。ペガサスは、国立機関が管理するスーパ・コンピュータで、トウキョーの地下深くに設置されている。そのサブセットが、このロボットだ。セキュリティのため、常時本体と接続しているわけではない。自律しているが、出先から帰ったときにメモリィは統合される。これは、オーロラの場合も同じで、リアルタイムで本体と通信をしないのは、機密の保持上、電子攻撃に備えた形態といえる。

僕がウグイに話した仮説を、彼は聞いていたようだ。あの部屋に、カメラや集音マイクがあったからである。

「この部屋の準備が遅れたため、あんな場所になってしまいました。実行部隊が、不慣れなためです。大変失礼をいたしました」

「君は、今回のことに関わっているんだね？」僕は尋ねた。

「はい」ペガサスは頷く。「私が、実行部隊の指揮をしました。二十体のロボットでした。ただ、私が直接コントロールしたわけではありません。ロボットは知能を持った自律型です。目的は、既にお聞きのことと思いますが、ホワイトの研究者を拘束することでした」

「それには、成功した？」

「はい。作戦は無事に完了しました」

「拘束したあと、どうするつもり？」僕は尋ねる。

「お答えできません。ハギリ博士は、情報局が身代金を支払い、数日後に解放されます。今しばらく、ご不自由があるかと思いますけれど、ご容赦いただきたいと存じます。ただ、解放のあと、マスコミが先生にインタビューを申し出ることでしょう。どうされますか？」

「どうしたら良い？」僕はきき返した。

「先生の自由意思に従って下さい」

「でも、本当のことはしゃべれないわけだから……。インタビューは断ることになるのかな」

「感謝いたします」ペガサスは頭を下げた。

「それにしても、どうして、こんな実力行使をしなければならなくなったのか、そこが一番知りたい」僕は言った。「個人を拘束するというのは、明らかな犯罪だ。それに見合うだけの重大な危険回避の理由がなければならない」

「あります。しかし、今は詳しくは申し上げられません。ただ、言い方を変えれば、私たちがしたことは、ホワイトが犯罪に手を染めるのを防いだことになり、結果として、彼らの名誉を守ったといえましょう。いずれは、彼らからも感謝されることと予想されます」

「ホワイトのどういった点が、犯罪なの？」僕は質問した。

「ホワイトは、偽物のデータを基にして、今回の開発を行いました。したがって、ビジネスは失敗します。取り返しのつかないことになるのです。その偽物のデータを、ホワイトに流したのが、イシカワです」

「では、イシカワのしたことも犯罪では？」

「正式な契約があって流されたものではなく、その時点では、イシカワは間違いに気づいていなかった、と主張することが可能です。責任は回避されるはずです」

「結局、人類の生殖問題は、まだ解決していないということになるのかな？」

「そう理解していただいても間違いではありません。少なくとも、今後数年間に解決する見込みはありません」

「何故、イシカワは、そんな偽のデータをホワイトに渡したのかな？」

「資金援助が得られると見込んだものと思われます。しばらく時間があれば、本当のデータが得られるという希望的な判断もありました。それぞれの階層で、そういったデータ偽装がありました。それらが集積した結果といえます。イシカワが破綻《はたん》し、先日のような事故へと至ったのは、疑惑が大きくなり、もはや隠しきれなくなった結果だったといえます」

「では、イシカワのカンナが残したメモリィチップには、有効なデータはなかったということかな?」

「はい、そのとおりです」ペガサスは頷いた。

「スペースステーションまで取りにいった方は?」

「同じく、価値のあるデータは見つかっていません」

「なんだ……、あんな危険を冒してまで……。結局、無駄骨だったということか」

「そうです。失礼ながら、その評価は人間らしいものです。私たちの演算は、もともと重要なデータが存在しない方が優位である、と見積もっていました」

「まあ、それはそうかもしれない」僕は小さく舌打ちしてしまった。「人間だけが、奇跡を信じる」

「奇跡は起こりません。歴史的にも起こっていません」

「ホワイトの不正を暴《あば》くためにやっているにしても、しかし、あまりにリスキィだ」

「もちろん、不正を暴くというだけならば、このようなリスクを伴う手段に出る必要はなく、場合によっては、裁判などの正式な場で議論を展開すれば良いことです」ペガサスは話す。「しかしながら、この偽りが正されない間に、フスがイシカワを吸収する可能性が高くなりました。こうなると、将来の失敗もまた、イシカワの責任とされることになります。そういった演算から、ホワイトが今回の見切り発車の発表を行ったことはまちがいありません。相手の知性は、我々と互角です。こちらがどのような手を打ってくるのかを予測し、逐一《ちくいち》それらを防ぐような事前工作が行われています。したがって、常軌を逸《いっ》した手を打つ以外に、これらのシミュレーション攻防の形勢を逆転する手法が見つからない状況でした」

「突飛《とっぴ》な手であっても、むこうは予測しているのでは?」

「その可能性は否定できませんが、極めて低いと思われます」

「今回の決断は、人間が行ったとは思えなかったけれど、しかし、今の話を聞くと、そうでもない。むしろ人間的な選択だ。そういうのを……、えっと……、何と言ったっけ……」

「やぶれかぶれ、ですか?」隣からウグイが言った。

「そう、それだ」僕は指を一本立てる。

「素晴らしい」ペガサスが言った。「私はそれを思いつきませんでした。ウグイさんは、どんなサブシステムをお持ちなのでしょうか?」

「いいえ、私はなにも入れておりません」ウグイが顎を上げて答えた。心外だ、といったところだろう。

「失礼しました。では、よほどハギリ博士のことを理解されているのですね」

「人間でも、その程度は学習します」ウグイが言い返す。

「よしなさい、そんな話をしている場合ではない」僕は言った。「ところで、ここは、どこなのかな?」

「国のとある施設の地下です。申し訳ありませんが、具体的にはお答えできません」

「リョウ博士たちも、ここへ連れてこられたわけ?」

「それも、お答えできません。それに、先生はご存じない方が安全かと思われます」

「まあ、そうかもしれない」僕は小さく頷いた。「解放されたあと、また命を狙《ねら》われたりしそうだ」

「情報局も、そう考えて、厳重な防御を行うと思います」ペガサスは言った。ウグイを一《いち》瞥《べつ》したが、彼女に対して語った言葉ではないだろう。

「あぁ、それにしても……、やっぱり駄目だったというのは、少々落ち込むね」僕は溜息をついた。もちろん、人類の大問題が解決していない、という点に対するコメントである。

「お食事のご用意をいたしましょうか?」ペガサスがきいた。

僕は、ウグイの顔を見た。彼女はなにも言わない。

「私たちは、しばらくここにいるのかな?」僕はペガサスに質問する。「ここで、生活しろってこと?」

「申し訳ありませんが、ここが最も安全です」彼は静かな口調で言った。「窮屈《きゅうくつ》だとは思いますが、どうかしばらくのご辛抱をお願いいたします」

「どこで、寝るの？　ネットは使えない？」

「あちらに寝室がございます」ペガサスは、両サイドのドアを順番に手で示した。「ネットは、はい、ここでは利用できません。それも、安全と申し上げました理由の一つです」

「なるほど、相手のトランスファも、今頃必死になって探しているんだね」

「そう予想されます。実際にも、観測しています」

そこで会話が途切れた。僕は、もう質問を思いつかなかった。答えてくれそうにない疑問は沢山あるけれど、彼が言ったとおり、知らない方が幸せかもしれない。

「それでは、朝の七時に朝食をこちらへお持ちします。それまでお休みになっていて下さい」ペガサスはそう言うと、ドアの方へ歩いた。

「ここは、本当に安全ですか？」ウグイが尋ねた。「私の銃を取り上げたのは、何故ですか？」

「安全です」ペガサスは立ち止まって、彼女に答える。「ウグイさんの銃は、のちほどお持ちします」

「のちほどとは、いつですか？」

「では、十分後に」

「わかりました。ありがとうございます」ウグイは頷いた。

ペガサスはドアから出ていった。ドアが閉まる音が僅かに反響したあと、しばらく無音が広がった。

8

ウグイは、ドアを調べにいった。ドアノブを回して、それを開けた。鍵はかかっていなかったようだ。彼女は外へ出ていった。

僕は、寝室へ入るドアを開けた。照明が自動的に灯り、真新しいシーツがかかったベッドと、サイドテーブルがあった。左手にドアがあったので確かめてみると、これまた真新しいバスルームだった。

ドアの音がした。ウグイが戻ってきたようだ。

「失礼します」ウグイの声。返事をすると、彼女が入ってきた。

部屋中を、彼女は無言で点検して回る。そのあと、一旦《いったん》出ていった。むこうの寝室を調べているのだろう。僕は洗面所で手を洗い、ついでに顔を洗った。湯は適温だった。新しいタオルも用意されているし、僕が使わないような器具、薬品なども棚に並んでいた。高級ホテル並みに揃っている。

寝室に戻り、ベッドに腰掛けていると、ドアがノックされたので返事をする。ウグイが戻ってきた。

「通路に出て見てきましたが、階段へのドアも、また、この先にあるドアも、いずれも施錠されていました。つまり、どこへも行けません。通路に面した残りの部屋は、さきほど私たちが監禁されていたのと同じような倉庫です。誰もいません。あと、むこうの寝室は、こちらとまったく同じです」

「私はこちらにしたから、君がむこうを」僕は言った。

「お休みになられますか?」

「いや、全然眠くない。寝られないと思う」

「私もです」

「やっぱり、気持ちが高ぶっているから」

「そうですね」

「それじゃあ、ここか、むこうのソファで、朝まで話をしている?」

「できるだけ先生の近くにいた方が、任務の遂行に適します。通路へ出るドアには、鍵がありませんから、無防備といえます」

「寝室には、鍵があるようだけれど」

ウグイはドアを振り返った。簡易な金属製の閂《かんぬき》がドアにある。

「あれでは、ドアを蹴《け》るだけで簡単に壊せます」

おそらく、ここを僕たちのために設《しつら》えたとき取り付けられたものだろう。通路に出るドアに付けなかった理由はわからない。

「どう思った?」一呼吸置いて、僕はウグイに尋ねた。

「最悪の事態ではなさそうだ、ということで、少し安心しました。でも、油断はできません。騙《だま》されているのかもしれません」

「しかし、殺すつもりならば、騙したりしない。最悪ではないのは確かだ」僕は溜息をついた。ずっとベッドに座っている。「まさかこんなことになるとは、想像もしなかった。だけど、考えてみたら、最初から決まっていたことなんだ。局長も知っていた。私がこういう目に遭うことも予定の内だった。だから、せめて直《じか》に会って、伝えにきたってところじゃないかな」

「私も一緒に、というのも計画どおりだったでしょうか?」

「うーん、それはどうかなぁ……。いや、それはないと思う。でも、私が君に話すと言ったときに、こうなることは演算したはずだ、ペガサスはね」

「ガスだと気づいたとき、私は拳銃《けんじゅう》を握っていました。撃ちませんでしたが、それは、先生に止められていたからです」

「撃たなくて良かった」

「黙っては撃てません。相手に警告する必要があります。その余裕はありませんでした」

「あの控室から、どうやって出たのかな。通路にもロビィにも、人が大勢いた。なにかを破裂させてガスを部屋に充満させた場合、離れていれば逃げたり、人を呼んだりできる。警察も近くに大勢いる。十人の人質をどうやって運んだんだろう。ロボット二十体と言っていたね。外のクルマまで担いでいったのかな。怪我人のように運んだのかな」

「警察が支援をしたのかもしれません」

「いや、それは、目撃されたらまずいことになる。一般人が見ているからね。国家的な犯行だという証拠になってしまう。あ、たとえば、偽の救急車を呼んでいたのかもしれない。機械室で爆発があって、怪我人が出たとかなんとか、そういった偽装をしたんじゃないかな。いや、そういった偽装をしたからこそ、警察も騙されて、手が出せなかったという偽装なんだ。二重の偽装というのかな」

「その救急車がどこへ行ったのか、たちまち見つかりそうなものですけれど、そのあとは、どうしたのでしょうか?」

「どうやったのかな……。でも、綿密な計画だったはずだ。すべてプログラムどおり進行したはずだ」

「犯人の犯行声明なども、偽装して出されているのですね?」

「そう、身代金についてかな。時間的にまだ、そこまでいっていないかもしれない。数日かかると、彼が言っていたのは、そういう意味だろう」

「私のことが、どう報道されているのか、心配です」

「助手のシキブさん、だと思うけれど」

「そんな人物はいないって、ばれないでしょうか？　人工知能だったら、調べるはずです」

「そうだね」僕は頷いた。「きっと、情報局が対応を考えている。いや、ペガサスが考えているから、抜かりはないよ」

「どうも、あの少年が、私は信じられないのです」

「見た目で判断しているんじゃない？」

「いえ、そうではなくて、以前にも、不思議な言動がありました。彼にすべてを委《ゆだ》ねて、大丈夫なのでしょうか？」

「すべてを委ねてはいないと思う。人工知能は彼だけじゃない。複数の知能で議論をしているはずだ。それに、実際の行動は、人間も含めた合議によって決定されているものと思う」

ドアがノックされた。寝室のドアではない。リビングの入口だ。ウグイが寝室から出ていった。僕はベッドから立ち上がり、ドアから覗いた。

ウグイがドアを開けると、ペガサスがバスケットのようなものを手渡した。

「申し訳ありませんが、弾は抜かせていただきました。設定などには、一切触れていません」ペガサスが説明した。

「どうして弾を抜いたのですか？」ウグイがきいた。

「安全のためです。どうかご理解下さい」

「理解はできませんが、ええ、しかたがありませんね」

「では、失礼します」

ドアが閉まる。ウグイはしばらくそこに立っていた。外の気配を気にしているようだ。

僕はリビングへ出ていって、ソファに腰掛けた。

「理解できません」ウグイはそう呟きながら、ソファへやってきた。

彼女は、僕の対面に腰を下ろし、バスケットの中身を取り出し、テーブルの上に置いた。三丁の拳銃は、大きさが大中小とまったく違う。大きいものは、長さが三十センチもある。その次が二十センチほど、小さいものは十センチくらいだった。それだけのものを、身に着けていたなんて、信じられない。マジシャンになれるのではないか。それらを、今から僕の目の前で、元どおり装着してもらいたいものだ、と思った。

「弾を抜かれたら、単なるウェイトじゃないですか」ウグイが呟いた。

「ウェイトって何？」

「重りです」

「いや、それはわかるけれど……」

「低姿勢なだけに、腹が立ちますね」ウグイは言う。珍しく顔をしかめた。よほど機嫌が悪いらしい。

「まあ、ロボットなんだから、しかたがないよ」

「ロボットだって、もっと人間らしいのがいくらでもいます」ウグイは言った。「どうして、あんな子供の姿なんですか。存じますとか言ってみたり……」

「まあまあ、あまり怒らない方が良いと思う。冷静に考えよう」

「何をですか?」ウグイは顔を上げる。

「現在の我々の状況について」僕は答える。「なにか、ほかに考えたいことがある?」

「いえ、そのテーマでけっこうです」

「現在確かなことは、待遇はやや改善されたものの、依然として監禁されているということだね」

「そのとおりです」

「さっきの話が本当だったとして、どうして、私たちをニュークリアに戻さなかったのだろう。あそこが一番安全だし、外部に漏れることがない」

「内通を恐れているからではないでしょうか?」

「内通というと、情報局内からリークがあるということ?」

「はい、たとえばの話ですが、デボラがいますし、それに局員も職員も大勢います。ハギリ博士が戻ってきたことが、ばれてしまう危険は大きいかと」

「そうだね。たとえば、マナミとか、あと、カウンセリングの先生とか、食堂の人とかかな。でも、私が出勤しなければ済むことだ。それから、デボラに知られないことだって、難しくない。情報局の大部分のエリアは、ネットから遮断されている」

「移動過程の問題ではないでしょうか。チューブを使うことが危険だという判断です」

「その仮説を議論するには、現在地がどこかという情報が必要だけれど、たしかに、それはあるかもしれない。だけど、ホワイトの八人もどこかへ連れていったんだ。秘密裏に移動する手段は、考えてあったはず」

「この近くに、彼らもいるのでしょうか。その可能性が高いと私は思います。別々の場所へ連れていくよりもリスクが小さいからです」

「二十人のロボットは、どうしたんだろう？」

「まだ近くにいるはずです」

「もう一つ、考えたいことがある」僕は、別のテーマに切り換えた。「私たち二人が拘束されることを、情報局は事前に知っていただろうか？」

「先生のさきほどの話では、局長は知っていた、ということでした。ペガサスも、先生の仮説がほぼ正しいと言いました」

「うん。局長は警告したわけだね。でも、それだったら、ペガサスの少年ロボットよりも、情報局からの正式なメッセージがここへ届いても良さそうなものだ」

「いずれ来るのではないでしょうか。私は、局長には抗議するつもりです」

「もし、知らなかったとしたら、情報局は今頃大騒ぎになっている。もちろん、その方が自然だから、偽装としては成功している。したがって、ペガサスは、情報局も騙すつもりだったかもしれない」

「その可能性の方が高いと私は思います」

「もう一つ、確率は低くて、ちょっとありえないかもしれないけれど、うん、でも、なかなか捨てがたい仮説もある」

「どんな仮説ですか？」

「うーん、アカマを遅刻させたのが、不味《まず》かったかな……」僕は呟いた。「デボラが動いたことで、相手に察知されたかもしれない。見縊《みくび》れない相手だと思うんだ。日本の政府や情報局が、今回の作戦の実行を決断するなら、相手だって、その作戦の可能性を演算していたはずだから、ちょっとした兆候にも反応したかもしれない。あるいは、事前に対応の準備をしていたかもしれない。それで、ちょっとした兆候を発見すれば、実現確率が一気に高まるから、その予備の作戦を瞬時に実行することになる。こちらもそうだけれど、相手は人間ではない。あらゆる可能性に対処する知能なんだ」

「どういう可能性をお考えなのですか？」

「まったく、逆のことが起こってしまったのではないか、ということだよ」

「わかりません。まったく逆？」ウグイは小首を傾げた。

第3章　人類全体　All humanity

はじめに氷と太陽があった。長い年月をかけて太陽はたゆまず照りつけ氷を溶かして大きな裂け目を創った。この裂け目の側面に大きな氷の像がいくつか立っていて、氷の裂け目は底なしだった。その深淵の側面に立つ氷の像から水滴がしたたった。氷の像の一つが言った。「われは血を流す」もう一つの像が言った。「われは泣く」また三つ目の像が言った。「われは汗を流す」

1

少年ペガサスが朝食を運んでくるまで、僕はウグイと二人で話をしていた。いくらでも話ができるのが不思議だった。

僕は、そもそも口数が少ない人間だ。人と長く会話をするのは、専門分野の議論くらいで、そうではない対象について、言葉を尽くして意見を言い合うなんてことは、まず滅多にない経験といえる。

ウグイも、最初に会ったときには、無口な人物だと思った。愛想を言わないし、安易に相槌《あいづち》を打ったりしないし、いい加減なことを言うと、すぐに突っ込まれる。他人に厳しい、というのが僕の見立てだった。

今は、少し違う。彼女は、とにかく正直だ。それに正義感というものを、僕の三倍くらい持っている。どういう環境で育ったのか、昔の話を聞いたことはないけれど、ウォーカロンのように真っ直ぐな人格といえる。でも、彼女はウォーカロンではない。それは、専門家の僕が判定しているのだからまちがいないし、また、たとえウォーカロンであったとしても、僕にはなんの影響もない。

実は、このときの会話の半分くらいは、ウォーカロンの話題だった。自分たちの現状については、あまりにデータ不足のため、あやふやな推測に終始することになり、会話が続かなかったこともある。

ウォーカロンに関する話になったのは、最初はキガタについてだった。ウグイは、キガタを非常に信頼していて、彼女自身の言葉で、「初めてウォーカロンを信頼した」とまで表現した。これは、僕も同感だった。二人とも、たまたまこれまで身近にウォーカロンが少なかったし、親しい間柄になることがなかったからかもしれない、とも話し合った。

もう一つの話題は、マガタ・シキ博士のことだった。エジプトで、彼女が手に入れたロボットについて、その後、あの中に博士の遺伝子を受け継いだ子孫のクローンが、頭脳だけ収納されて生きていることがわかった。正確で具体的な情報とはいえないものの、ほぼまちがいないだろう。入手した脳を、マガタ博士はどうするつもりなのだろうか。

考えられる可能性として、やはり一番に思いつくのは、ボディを与え、一人の人間として復帰させる、というもの。また、それが無理な場合には、ニューラルネットの解析を行って、電子頭脳として人格を蘇らせる、というものだった。

「すぐに、そうやって、マガタ博士は何をしようとしているのか、と考えてしまうのが、今でもまだ流行《はや》っている病気だと思う」僕は言った。「私もそうだった。共通思考についても、ついマガタ博士の意思をぼんやりとイメージしてしまう。だけど、おそらくそういうことではない、とこの頃は考え直しつつある。つまりね、何かがしたいという願望ではない。マガタ博士ほどの天才なら、もう願望はすべて処理されている。あとは、ただ見届けたいだけなんじゃないかって思う。すべての種を蒔《ま》いて、それが育つのを待っているだけなんだ。とにかく、結果が出るのに時間がかかる。かつては、それを冷凍睡眠によってしか克服できなかった。今は、人類は充分に長い時間を手に入れた。だから、今頃になって、マガタ博士の気持ちが理解できるように、少しだけなったのかもしれない。私もそうだけれど、自分の人生がどこへ向かうのか、何を求めているのか、といったものは、これといってないんだ。ただ、毎日を楽しく生きているだけ、しいて言うなら、この人間というものの未来を見届けたい、みたいな気持ちだけだね。そういう心境になってくる」

「私は、そんな心境にはまだなれません。若いからですか?」

「人それぞれだから、一般論ではない。でも、そうかもしれない。若いときは、自分自身が未知だし、可能性も広がっている。年齢を重ねると、たとえ、寿命が延びたとしても、過去の自分を背負っているわけで、だんだんそれが重くなる。動きにくくなるんだ。新しいことを始めれば良いだけなのに、そうすると、過去の自分を無駄にしてしまうような気分になる。なるべく、これまでの経験、過去の自分を生かしたい、と考えてしまうんだ」

「先生も、そうなのですか？」

「いや……、私はまだ、そんな境地には達していない。でも、ときどきだけれど、すべてを忘れて、毎日子供のときのように遊びたい、とは思うね。実際に何をして遊べば良いのか、全然わからないけれど……。でも、そういうことなんだと思う。マガタ博士はきっと、ずっと遊んでいるだけなんだよ。もう、若いときに仕事はやり尽くしてしまったから。ただ、周囲はそうは見ない。マガタ博士が遊んでいても、きっとあれはなにか意図があるはずだ、博士は次は何をするつもりだろう、と憶測しようとする。これまでの博士を見てきたから、そう考えてしまう。でも、そこが天才ではない凡人の思考というものだ。もともと天才は、遊び半分で、興味本位で、偉業を成し遂げるものだ。本人には、偉大な仕事をしようなんて気は最初からない。遊んでいるにすぎない。子供のときからの延長で、ただ興味の向くまま、好きなことをしているだけなんだ」

「でも、大勢の人が、それに巻き込まれてきたのではないでしょうか」

「そう、影響されて、周囲の人間は、彼女のことを神と崇《あが》める。協力者が沢山いたはずだ。そういったものも含めて、マガタ博士は、自由に人を動かすことができたと思う。さほど苦労なく、沢山のプロジェクトを実現させた。全部を博士がやったわけではない。ただ、博士の名前の下に集まって、大勢が力を合わせることができた。カリスマというのは、そういうものだと思う」

「先生は、またマガタ博士に会いたいとお考えですか？」

「もちろんだよ。それは、誰だってそうだと思う。会って何をするのかではなくて、ただ単純に会いたい。これはもう、学者の本能みたいなものかな」

「私たちの前に現れたマガタ博士は、人間ですか？ ロボットですか？ それとも、ウォーカロンですか？」

「そうだね……。一番可能性が高いのは、ロボットかな。たぶん、マガタ博士は、既に人工知能と一体化しているんだと思う。どこかで、まだ生きている。そのサブセットが幾つもあって、ときどき私たちの前にやってくるんじゃないかな。オーロラやペガサスのようにね」

そんな話をしていたら、ペガサスが現れた。ワゴンに食事を載せて運んできた。天下の人工知能がこんなことをするのか、という違和感を僕は抱いた。

ペガサスは、ほとんどなにも言わずに部屋から出ていった。役目に徹しているのかもしれない。ワゴンに載っていたのは、三種類の飲みものと、パンとベーコンエッグ、それにサラダだった。ウグイがすべて毒見をしたが、「まあまあです」とコメントした。毒がまあまあでは困る、と思ったけれど、黙っていた。

しばらく話もしないで食事をした。二人とも空腹だったのだ。そういえば、昨日から二食抜いていることになる。たまに食事を抜くと、僕は体調が良くなるので、その点では不満はない。

「さて、今日はどうする?」コーヒーを飲みながら、僕はウグイにきいた。

「先生は、どうされたいのですか?」ウグイがきき返す。

「そうだね……、うーん、思い切って、ここを出てみようか」

「どこへ行くのですか?」

「どこかはわからないよ。この建物がどこにあるのか、出てみたらわかるんじゃないかと思って」

「それは、私も是非知りたいと思いますが。でも、具体的に、どうやったら出られますか?」

「通路の鍵を壊して、そこから出る」

「どうやって壊すのですか?」ウグイがきいた。彼女は、面白がっているようだ。表情でそれがわかった。

「そりゃあ、君の銃で撃ってもらうしかない」

「弾がありません」ウグイは言った。しかし、じっと僕の顔を見つめる。「もし、弾があって、鍵を壊すことができて、あのドアから出られたとしたら、そのあとは、どうするのですか?」

「ま、それは、そのときになってみないとわからないけれど、そうだね、とにかく、外に出ることが目的だ。誰かがいて、我々の行動を阻止しようとしたら、そこで議論をすることになるね」

「そこでは、銃を使わないのですね?」

「当然」僕は頷いた。「ロボットだって、壊したら高くつく。責任問題になる」

「でも、こちらは自由を拘束されているのですから、合法的な理由はあります」

「まあ、そうかもしれない。だけど、ロボットか人間か判別できない場合は、撃てないよね?」

「はい」ウグイは頷いた。「相手が武器を持っていて、こちらに銃口を向けている場合なら撃てます。実際に撃ってきたら、撃ち返せますし、そうでなければ、警告したのちに、撃ちます」

「なるほど……」僕は頷いて、またコーヒーを飲んだ。「えっと、それをやるのは、君かな? 僕は何をすれば良い?」

「先生は、安全な場所に隠れていて下さい。私がやります」

「相手の反撃が厳しかったら?」

「撤退するしかありません」

「撤退しても、ここへ戻されるだけかな?」

「そうですね。その後、監視や施錠がより強固になるとは思います。ですから、最初に突破するのが、最も可能性が高いといえます」

「デボラみたいだね」

ウグイは珍しく微笑んだ。楽しんでいるように見える。

彼女は、とっくに食事を終えていた。僕も、あとはコーヒーだけだった。既にお代わりをして二杯めである。

「大事なことは、人工知能が予想もしない作戦を実行することだと思う」僕は静かに言った。「しかも、突然に」

「たとえば、どんな?」ウグイが微笑んだまま尋ねた。

「内緒話をしたいんだけれど……」僕は言う。

ウグイの目が少し大きくなった。驚いたようだ。しかし、彼女は小さく頷く。そして、すっと立ち上がると、テーブルを回って、僕が座っているソファに腰掛けた。僕のすぐ隣だ。

僕は、彼女の耳許で囁いた。

「寝室へ行く？　ここは、たぶん話を聞かれている」

ウグイは、僕を見て頷いた。穏やかな表情をしている。演技だろう。さすがに、情報局員である。

コーヒーを最後まで飲みたかったが、僕はすぐに立ち上がった。彼女も立った。彼女の方が僕の寝室に近かったからだ。

そちらへ歩き、彼女がドアを開けて、僕たちは中に入った。同時に照明が灯る。

この寝室にも、マイクがないとはいえない。ウグイは、周囲を見た。だが、決意をしたように上着を脱ぎ、ベッドのむこう側に回った。シーツや毛布は、まだセットされたままだ。彼女は、その中に躰を滑り込ませる。

一度シーツを頭まで被《かぶ》ったあと、顔を半分出した。目だけで、口は隠れていた。笑っている目のように見えた。僕も、上着だけ脱いで、もちろん、靴も脱いで、ベッドの横に置き、シーツの中に入った。ウグイが、僕に腕を回した。

シーツを頭まで被り、なにも見えなくなる。

ウグイが顔を寄せてくる。

「どうするんですか？」彼女が囁いた。

「どうするって言われても……」僕は答えた。

ウグイは、何故か、くすくすと笑いだした。

2

笑っている声が、外に届くと彼女は思っているようだ。集音マイクがそれを拾う。僕たちを監視している連中を油断させよう、という作戦か。

僕は、そもそも相手がそういう感情を持っていないだろう、と考えていたから、無駄な演出のように思えた。だが、やめろと言うほど、確固たる理由はない。

僕は、彼女の耳許で囁いた。

「一《いち》か八《ばち》か、外に出る」

「本気ですか？」彼女のその声は冷静そのものだが、すぐに、またくすくすと笑った。

「一か八かが、可笑《おか》しかった？」

「いいえ」

「ドアを銃で壊せる？」

「銃が使えることを、どうして知っているんですか？」

「それくらい、君を見ていたらわかる」僕は答えた。「ブーツの中に予備があるんだね？」

「先生の演算、凄いですね」

彼女は、躰を僕に押しつけ、僕の上に乗るように重なった。

「答は？」僕は尋ねる。

「銃を使わなくても、ドアの施錠は壊せます」

「今からすぐに、出られる？」

ウグイは、僕の耳許に顔を近づけた。

「はい」その声は理性的な静かな響きだった。

僕は頷いた。

「リスクは、それなりだ」

「覚悟しています」

「決めた。やろう」

「もう少しあとでもけっこうですが」

「いや、早い方が良い。ベッドを出て、上着を着て、走る。君の準備は？」

「いつでもＯＫです。でも、一分だけ待って下さい」

「どうして？」

「プラスティック爆弾の配線を、今ここでします」

彼女は、シーツの中で躰を曲げて、自分のブーツに手を伸ばした。彼女は、ブーツを履いたままなのだ。

小さなライトが灯った。その明かりの中で、ウグイは、材料を取り出し、細いリード線の接続を始める。

「いつも、そんなものを持っているの？」僕は黙っていられなくなって尋ねた。

ウグイは一瞬だけこちらに顔を向け、「E」を発音する口を見せた。意味はまったくわからない。

僕は、いろいろなケースを考えた。

ドアを突破したら、どこを見るか、何を確かめるか。

人工知能のように、沢山の可能性をシミュレートする。ここが地下か、あるいは上層階かも考えた。階段を上がるのか、それとも下がるのか。

おそらく、会場の近くだ。都会にちがいない。

人が大勢いるような場所へ出れば、手出しができなくなるだろう。

「できました」ウグイが言った。彼女はまた躰を伸ばし、僕に躰を寄せる。「成功の確率を教えて下さい」

「百パーセントと〇パーセントの間」僕は答える。

「先生、靴を脱ぎましたね？」

「うん」

「すぐに履けますか？」

「大丈夫、大きめだから」
「走りますよ」
「うん、わかっている」
しばらく、黙っていた。
服を着たままだから、少し暖かすぎる。
ウグイは、大きく深呼吸をした。
「行きましょう」彼女が言った。
僕はベッドから出て、靴を履いた。同時に上着を手に取り、腕を通す。
そのときには、ウグイは寝室から出ていくところだった。
僕は、彼女のあとを追いかける。
リビングに出たが、既にウグイはいない。通路に出たようだ。
「そんなに慌てなくても」と呟きながら、ドアの外へ出る。
ウグイは、通路の端のドアの前で片膝をつき、ノブに爆弾を仕掛けていた。
彼女は、急に立ち上がり、ドアに背を向けた。
僕が歩いている途中で、爆発した。ドアノブの付近から、白煙が噴出したのが見えた。
ウグイが、ドアを開ける。外に向けて両腕を伸ばし、銃を構えた。
僕は、走ってそこまで行く。

なにも起こらなかった。

ウグイは、左右、上下に銃を向け、少しずつ前進する。

広い場所だった。ドアが二つある。いずれも、エレベータだ。近くには誰もいない。

ウグイはエレベータへ近づく。

反対側の壁には、上へ続く梯子《はしご》があった。しかし、上のハッチは閉まっている。何の部屋だろう。設備関係のスペースか。

沢山のパイプが天井付近で剝《む》き出《だ》しだった。どこかで、モータが唸《うな》るような音がしている。

「むこう」僕は囁いた。

もう一つ、端にドアがあった。そこだけ、エレベータではない。

ウグイは、そちらのドアへ走り、そこを少しだけ開けた。外を確認したあと、僕に手招きする。

ドアの外は、階段だった。迷うことなく、僕たちはその中に入り、ドアを閉めた。

「エレベータは、感知される」僕は言った。

「地下のようです。上へ」ウグイは言った。

「これが、船の中だったらアウトだ」僕は階段を上りながら言った。

船ではない。それは階段にコンクリートが使われていることで明らかだった。船だとしたら、加速度を感じないことから、停泊中だろうと考えていた。ただ、海へ飛び込むのはご免だ、と想像していた。ウグイなら、絶対に僕に飛び込ませるだろう。

誰にも会わず、三フロア駆け上がった。初めてドアがあった。

ウグイが僕を制し、壁に躰を寄せ、ドアノブを捻った。

ドアは開いた。五センチほどそれを引いて、ウグイは外を見た。すぐに閉めて、僕の方を向いた。

「どうしたの?」僕はきいた。

「駅か、ホテルか……」ウグイは言った。

「人がいた?」

「沢山いました」

「じゃあ、外に出て、そのまま普通に歩こう」

「わかりました」

「通信をしないこと。ネットは切って」

「はい」ウグイは頷いた。

彼女は銃を仕舞った。脇か背中にホルダがあるようだ。上着の中に手を入れていた。それは一番大きい銃で、あと二つは、どこだろう?

ドアを開けて、僕たちは外に出た。

空気が違う。

雑踏の音が耳に飛び込んでくる。

左右を見た。大きなホールの端にいる。天井がもの凄く高い。五階建てくらい。上に透明の大きなドームがある。すぐ右手に、カウンタのような場所があった。そちらから離れる方向へ、歩きだした。

「どこかわかる？」小声で彼女にきいた。

「わかりません」

「GPSは？」

「オフにしています」

「受信するだけなら、大丈夫」

「はい」ウグイは、顳顬《こめかみ》に片手を当てる。「えっと……、キョートですね」

「やっぱり、そうか。近くなんだ。あそこのドアから外に出て、どちらかへ走ろう。クルマには乗らない方が良い」

「はい」

すれ違う人々は、特に僕たちを注目したりはしない。観光客だろうか、白人も黒人もいる。ホールから、少し幅の狭い場所に入り、そのロビィの入口らしき場所へ近づく。ゆっくりと回転する大きなドアだった。楕円形《だえんけい》の軌道をドアが回っている。

僕とウグイは、その中に入った。回転ドアを出るまでに、後ろを振り返った。誰も追ってくる様子はない。

「拍子抜《ひょうしぬ》けするなぁ」僕は呟いた。「これは、幸運なんだろうか」

「まだ油断はできません」

「大丈夫だろう」

「外に出たら、右へ走ります。古い商店街があるようです」

「駄目だよ、ネットを見ては」

「いいえ、ここに」ウグイは、目の前のガラスに指を当てた。

ガラスドアに、小さなポスタが貼《は》られていた。商店街のセールの宣伝だった。なんともレトロな伝達方法である。そこに、右方向を示す矢印があったのだ。

ウグイは後方を振り返った。緊張した彼女の顔につられ、僕も振り返った。ロビィをこちらへ走ってくる黒い服装の数人が認められた。真っ直ぐこちらへ来る。制服のようだが、警官には見えない。五人くらいいる。

「来たかな」僕は呟いた。近づいてくる連中の中にはペガサス少年はいない。

回転ドアがようやく出口に近づいた。

ウグイが先に出て、僕の手を摑んだ。彼女に引っ張られ、右手へ走り始める。道路があって、歩道がある。そこを走る。それくらいしか、周囲の風景を見ていられなかった。歩道には、人が大勢いたけれど、僕たちの全力疾走を恐れて、道を開けてくれた。

商店が多い場所のようだ。

歩道に出ている看板がある。商品を外に出して陳列している店もある。呼び込みの店員なのか、ロボットなのか、声を上げている者もあった。

ぶつかりそうになるのを避けながら、走る。

後ろを振り返る余裕はなく、歩道が途切れるところまで来た。信号はない。

ウグイは脇道を見た。そして、一瞬だが、後ろを振り返った。

僕も後ろを見ようと思ったけれど、彼女に腕を引っ張られ、倒れそうになる方向へ、足を出すのがやっとだった。ものも言えない。

右の道へ入り、また走る。

ひたすら走る。

商店街は、ほとんど開店していない。人は、さきほどよりも少ない。

アーケードがあるようで、薄暗い雰囲気だった。

色とりどりの旗がある。どこかから音楽が流れている。

左へ入る道があり、そこへ飛び込んだ。

幅が二メートルほどしかない。

入ってすぐに、左手の建物の中へ飛び込む。

トンネルのようになっていて、暗い場所の両側に小さな店が並んでいる。奥は行止まりのようだが、近づくと、右へ通路が続いていて、先が明るかった。

アニメーションの看板があったが、見ている暇はない。

大きな店内へ入った。何の店かわからないが、人がわりと多い。生臭い空気だった。食材の市場だろうか。

その中を、観光客のような人たちがゆっくりと歩いている。通路は細く、大勢を追い抜かして走るのは困難だ。そんなことをしたら、目立ちすぎる。

ウグイの手が離れ、少し速度が落ちた。

市場は、物が多い。積み上がった箱や棚が店の前に出ているので、見通しは悪くなった。できるだけ速く歩く。何度も人とぶつかりそうになる。

ウグイは、後方を気にしている。

別の通路へ入り、途中からコンクリートの階段を上った。まだ店内である。

三階まで一気に上った。

カプセルのようなものが並んでいて、なにかのゲームだろうか。VRかもしれない。アミューズメントのようだ。ウグイが、その一つに入り、僕も入った。

彼女は、シートに僕を座らせ、場所を入れ替わった。

「先生は、ここにいて下さい。様子を見てきます」そう言うと、彼女は出ていこうとする。

「ちょっと待った」僕は引き止めた。

ウグイは、外を見たあと、カプセルの中に戻る。薄っぺらいドアだが、不透明だ。それを閉めた。

「このカプセルは何？」息が上がっていて、長くしゃべることができない。

「知りません。そんなこと、きかないで下さい」

「落ち着いて」

「落ち着いています」

「通信をしては駄目だよ。ネットは受信も駄目。信号を発するから」

「はい。でも、救援を呼ばないと」

「ちょっと考えよう。予想もしないことをしないと……」

「たとえば？」

「絶対に入らないような場所へ入る」僕は言った。

「とにかく、見てきます。二分で戻ります。もしものときは、抵抗しないで下さい」

「そんな能力はない」

ウグイは、黙ってカプセルから出ていった。

ゲームかなにかの説明が自動的に始まったが、僕の耳には入らない。どうすれば良いかを考えた。

まずは、自分たちの現状を把握することだ。事件に関する報道がどうなっているのかを知りたい。しかし、ネットに接続をすることは危険だ。トランスファが、僕たちを追っているはず。ネット接続の挙動を見張っているにちがいない。

もちろん、デボラも僕たちを捜しているはずだ。デボラに知らせる方法はないだろうか。キガタやアネバネも、おそらく近くで捜索しているはずだ。相手に感知されずに、味方に連絡をするにはどうしたら良いだろう。

さっき出てきた場所は、一般の建物だったのだろうか。地下に閉じ込められていたようだ。見張りはいなかった。モニタリングはされていただろうけれど、近くに見張りを立てないのは、やや不自然ではないか。どういった状況だったのだろう。おそらく、あの近くのどこかに、ペガサスのロボットや、ほかの仲間もいたはずだ。

どうも変だ。

本物のペガサスだったら、この日本では、もっと融通が利くだろう。こんな街中ではなく、もっと隔離に適した建物を借り切ることだって簡単にできたのではないか。

ドアが突然開いて、ウグイが入ってきた。

「近くに、敵らしい者はいません。しばらくは危険はないと思います」ウグイは報告した。まったく呼吸が乱れていない。「先生は、大丈夫ですか？　思いっきり走ってしまいましたけれど」

「あれくらいは、全然大丈夫」僕は頷いた。しかし、まだ呼吸が速いし、額から汗が流れていた。「これから、どうする？」

「同じ場所に留まるのは、危険が大きいと思います。もう少し安全な場所に移動しましょう」

「君の案は？」僕は汗を拭《ぬぐ》いながら尋ねた。

「どこかでバイクを奪って、それで走って、警察に保護を求める」

「バイクなんか、どこに？」

「では、マンホールから地下へ入って、移動します」

「地下も、モニタがある」

「では、やはり、バイク」

「できるだけ遠くへ行きたい、と考えるのが普通だ。あまり、それに拘らない方が良い。近くにいても、相手が来なければ安全だ」

「先生の案は？」

「いや、特にないんだけれど……」

「具体案がなければ実行できません」

「じゃあ、ここへ行く?」僕は、ゲームのモニタの下に貼られていたシールを指差した。貼り方が雑で、おそらく、無断で貼られた宣伝だろう。〈お二人様、二時間、個室〉と書かれている。値段もあったが、一桁違うのではないかという安さだった。

「何ですか、これ」ウグイが眉を寄せる。

「このビルの上らしい」僕は言った。〈2F上がる〉とあって、そこだけ手で書いた文字だった。「今も、店があれば良いけれどね」

カプセルを出た。同じようなカプセルが、そのフロアに沢山ある。少し歩いて、それが初めてわかった。今は人はほかにいないが、ライトが点《つ》いているカプセルがあって、人が中にいることを示すサインのようだ。ライトが点灯してない方がずっと多い。あれでは、隠れていることにならなかったかもしれない。

3

階段まで戻り、そこを駆け上がった。

二つ上の五階で、ドアを開けて通路に出る。照明が灯った。つまり、これまで消えていたのだ。通路には誰もいない。少し先で、小さなネオンの文字が光っていた。そこが入口のようである。

ウグイとそちらへ歩く。ドアが自動で開いたので、中に入った。

ターバンを頭に巻いた色の黒い男が立っていた。明らかにロボットだ。

僕たちにお辞儀をしたあと、料金の説明を始める。その途中でウグイが遮《さえぎ》った。

「早く、個室に案内して下さい」

ターバンのロボットは頷いて、向きを変え、奥へ進む。後を歩いていくが、通路の途中に何度もカーテンがあって、見通せない。五度めにカーテンのスリットから中に入ると、右上のハッチが開いていた。円形のハッチで、直径は一メートル半ほどもある。それが、手前に開いているから、通路が通りにくい。屈《かが》まないと先へいけない。こういうのは、許可が下りないデザインなのではないか、と思った。

ロボットは、通路の反対側にあった梯子を、そこに取り付けた。ウグイが中を覗いていたが、僕の方を見て、首を傾げる大袈裟《おおげさ》な仕草をした。

彼女がさきに梯子を上り、僕が続く。

「ごゆっくりと」とロボットが言うと、ハッチがゆっくりと閉まった。

天井の低い部屋だった。壁と天井が曲面でつながっている。奥行きは二メートル半ほど。床は全面がクッションで、つまり、ベッドの上にいるような感じだ。靴を履いたままだったが、どこで脱げば良いのかもわからない。入口の反対側には、直径一メートルほどの丸い窓があった。外が明るい。ウグイはまっさきに、そこから外を確認した。

表通りに面しているようだ。窓ガラスに顔を近づけて、ようやく道路が見下ろせる。それくらい下に見えた。道のむこう側の建物で低いものは屋根が見えたし、そのむこうへ、ぎっしりと建物が密集したエリアが続いているのがわかった。

歩道を歩いている人も見えるが、全域が見渡せるわけではない。ウグイは、右や左を熱心に見ていたが、追っ手らしき者は発見できないようだ。

彼女は、空も見ていた。これは、ドローンなどの探査機を警戒しているようだ。幸い、そういったものも見当たらない。また、こちらが覗けるような、近くのビルもなかった。繁華街なのに高層ビルが少ないのは、この街の特徴といえるのか。

ウグイは、窓の横のスイッチを押した。瞬時にガラスが不透明になった。二人とも、窓の方を頭にして、寝転がっている。この部屋では、立ち上がることはできない。座る椅子もないのだ。

「ここで、どうしますか?」ウグイがきいた。

「まあ、そうだね……」僕は寝転がって、仰向けになった。「考えるしかないね」

「誰かが来たら、逃げ道もありません。あまり適当な場所ではないように思います」ウグイが言う。

「まさか、こんな場所に隠れているとは考えない。どんどん広いエリアを捜索するはずだ。しだいに、密度は低くなる。時間を置いた方が良い。相手は、日本の警察ではない。おおっぴらに捜索できない。焦って出ていく方が、見つかってしまう」

「でも、ここに潜んでいるだけでは、逃げ出した意味がないことになりませんか？　あそこで大人しくしていた方が、ずっと安全でした」

「そうか」僕は頷いた。「それは、思いつかなかった。君の言うとおりだ」

「冗談ですか？」ウグイは、横でこちら向きに寝そべっている。「何のために逃げたのですか？」

「うん、相手も、きっとそう考えている」

「先生におききしているのです」

「少なくとも、場所がわかった。それから……、そう、大して厳重な監視下にあったわけではないこともわかった。状況が多少なりともわかってきた。自由度は増している。いろいろな手が打てる環境になった。悪くない」

「悪くはないと思います」ウグイは溜息をついた。「逃げ出せたことは、ラッキィでした」

「もし、君がアカマ君と入れ替わらなかったら、私とアカマが捕まっていたのかな？　きっとそうだね。それよりは、最初から良い状況だった。アカマと二人では、なにもできなかったと思う」

「未来の話をしましょう」ウグイが言った。「ここに、一時間いますか？」

「そうだ、ニュースを聞こう」

僕は俯《うつぶ》せた姿勢になり、窓の下にあったパネルを触った。

「ネットにつながらないもの……、衛星放送の受信なら大丈夫だろう」

モニタに現れた選択肢を、指で触れてみると、音楽が流れ始めた。綺麗なメロディだが、あまり僕好みではない。

「モーツァルトですね」ウグイが言った。

選択しているうちに、モニタに人が映り、ニュース番組になったけれど、もちろん、キョートの国際会議での事件を話しているわけでもない。どうやら、経済情報のようだった。別のチャンネルにしたが、どこも関係がない話題だ。文字放送を探してみたが、それらしいものが見つからない。検索をすることは危険なので、やめておいた。

「大した事件ではない、ということがわかった」僕はウグイの顔を見て言った。

「あの、救急車を呼ぶというのは、どうでしょうか?」ウグイが言った。

「僕が突然発作を起こしたとか、かな?」

「救急車が来ること自体、怪しまれるでしょうか?」

「というよりも、救急車と一緒に、警察が数十人来てほしいね。救急隊員では、簡単に排除されてしまう。今度捕まったら、きっともう逃げられない。逃げている状態のうちに、やれることをしておいた方が良い。もっと、いろいろ調べて、現状を正しく把握したい」

「わかりました。でも、警察を呼ぶなら、ここで殺人事件を起こせば、すぐ来ます」

「君が銃を乱射する、とか？」

「それとも、先生が暴力を振るって、私が血だらけになって逃げる、とか」

「あまり、そういうのは、見たくないな」

「見たい、見たくないの問題ではないかと」

「まだ、ちょっと……、つまり、誰が相手なのかが、わからないから、具体的な作戦が立てにくい。でも、警察を呼ぶのは一番良い手だと、今のところは思う。警察が関係しているような国家権力が相手ではないように思える」

「そう思います。もしかしたら、海外の勢力なのかもしれません。ホワイトが関係しているのでは？」

「ペガサスを名乗ったのは、偽装だということ？」

「そうです。ロボットが違いましたから」

「わざとらしいよね。もし、それならば、ホワイトのメンバは捕まっていない。日本の研究者と秘書の二人だけが誘拐されたわけだ」

「ありえるのでは？」

「目的がわからない」僕は首をふった。

「先制攻撃して、防御したのです」ウグイが応える。

「ああ……、なるほど、冴《さ》えているね」僕は唸った。「すんでのところで、司会者が誘拐されたら、政府の息がかかった部隊は、作戦を中止せざるをえない。となると、あのセッションは、司会者だけ交替して、通常どおり発表されたのだろうか。いや、それはおかしいね。司会者が誘拐された場合も、事件としては大きい」

「あの部屋にいた人たちが、黙っているのかもしれません」ウグイが言った。「黙ってくれない二人だけを、拘束したのです」

「でも、ほかにも数名いたじゃないか、発表者が」

「その人たちは、言いくるめられたのでしょう」

「そんな簡単にいくかな。彼らも連れ出してしまった方が簡単じゃないか」

「大勢だと、移動が不自由になります。二人ならば……、そう、救急車で運べます。偽の救急車で」

「あ、そうか……、ほかの人たちは、本物の救急車で運ばれたんだ。つまり、爆発だけが起こって、あの黒い奴らを、誰も見ていない。誰が倒れたかも、見ていない」

「そうですね。私たちだけがターゲットだったのかもしれません」

「そんなことが可能かな？」

「爆発したのは煙幕で、催眠ガスはもっと近づいて、私たちに向けて使われたのではないでしょうか」

「なるほどなるほど」僕は頷いた。「そうなると、国際会議がどうなったのか、その後の状況が知りたいなぁ」

「思い切って、ネットに接続してみる手はありませんか？　デボラを呼べば、逃走にも有利です」ウグイは言った。

「まあ、慌てないで。もうしばらく、時間を置いた方が良い。時間が経《た》つほど、有利になる。ここを出て逃げるにしても、夜になるまで待った方が良いと思う」

「二時間しかいられないんじゃありませんか？」ウグイが言った。

「そのときは、追加料金を払えば良い」

「料金を払ったら、身許がばれます」

「あ、そうか……」

「ですから、こんな場所に入ったのが間違いだったのでは？」

「まあ、今のところ、大丈夫なんだから……。そうか、となると……、最後は踏み倒して逃げるしかないのかな。うーん、まあ、それは、そのときになったら考えよう」

4

しばらく寝てしまった。

アメーバのような細胞群が、勢力争いをしている夢を見た。僕は、それを高い位置から傍観していた。アメーバは本来単細胞だが、そうではなく、無数の細胞が集結して、一つの軟体のように活動する。それが二つでぶつかり合っていた。音もないし、明暗もない、不思議に静かな世界だった。

この夢は初めてではないな、と思いながら眺めていた。

起きたら、目の前に照明があって、眩《まぶ》しかった。

横を向き、頭を持ち上げた。ウグイの姿がない。

トイレにでも行ったのだろうか、と思った。躰を回転させ、窓のスイッチに腕を伸ばす。それを透明にして外を見てみたが、特に変化はない。時刻はもうすぐ正午だった。疲れていたのか、三時間くらい眠っていたようだ。

音が聞こえて、ハッチが開いた。ウグイが戻ってきた。バスケットのようなものを持っている。

「どうしたの?」僕は尋ねた。「パトロール? あまりうろうろしない方が良いと思う。どこかでカメラが捉えていて、認識されるかもしれない」

「店からは出ていません。店内にはカメラはありません。大丈夫です。時間を延長するオプションを、頼んできました」

「そんなの、ここからできると思うけれど」

「飲みものを買ってきました」ウグイはバスケットの中から、容器を取り出した。

「料金は？」

「払っていません。あとでまとめて請求するシステムのようです」

「ランチだね」僕は起き上がった。もちろん、立つことはできない。座るだけでも、天井がずいぶん近くなる。

「でも、普通の飲みものは種類が少なくて……」

「普通じゃない飲みものって？」

「よく知りませんが、幻覚を見せるようなタイプのものかと」

「ああ、そうか……。そういう場所なのか」

「そういう場所ですよ、先生が選ばれたのは」

「なんか、叱《しか》られている感じがする」僕は微笑んだ。

「すみません。そんなつもりではありません」ウグイは小さく溜息をついた。

ウグイが持ってきた飲みものを飲んだ。コーヒーみたいな味がした。少し甘すぎるが、飲めないことはない。このほか、ビスケットのようなスナックも、バスケットの中に入っていた。そちらは、僕もウグイも食べなかった。空腹感はない。

窓際のモニタでは、ずっとニュースが流れていたが、国際会議の事件は話題にならない。それ以外にも、ウォーカロンに関連がありそうな報道はなかった。

「もし、ホワイトの発表が行われていたら、ニュースになっているはずだ」僕は言った。かなりセンセーショナルな内容なのだから、特集番組が組まれても良さそうなものである。

ということは、やはり、発表は中止になったのか。ホワイトのメンバも誘拐されたのだろうか。あるいは、会議自体が中止になって、発表の機会が延期されたか。否、もしそうなっても、発表内容をマスコミに流すだろう。事件があったのだから、余計に話題になり、宣伝効果がある。ホワイトがその選択をしないはずがない。

やはり、メンバが誘拐されて、現在協議中か交渉中なのかもしれない。まだ一日が経過しただけだ。明日の月曜日には、目立った動きがあるものと予想される。

「もし、既にここにトランスファがいたとしたら、どうなりますか?」ウグイが突然きいた。「その可能性はありませんか?」

「まず、敵と味方がいると仮定して……」僕は答える。「敵のトランスファがいるなら、味方のトランスファもいる。既に、その両者の攻防が行われているかもしれない。そうでなくても、デボラが、私たちを感知している可能性もある。接触してこないのは、相手に察知される危険があるからだと思う。たとえば、今まで抵抗がなく、すんなり逃げてこられたのは、デボラがなんらかの工作をした可能性がある」

「だったら、既に情報局へ知らせているはずです。どうして助けにきてくれないのでしょうか?」

「今は、敵が周囲に多くて、ここに私たちがいることを知られたくないからだと思う」

「少しですけれど、先生の都合の良い解釈にも思えます」

「そうだね……、確かめる術《すべ》がないし……。あれこれ想像するしかないから、その中で、どうしても願望的な要素が入り込むかもしれない。まあ、研究なんて、みんなこんなものだよ」

「研究?」

「なんの手掛かりもない。自分の仮説を信じて進むしかない」

「失敗の場合はどうするのですか?」

「駄目だったら……、うん、駄目な場合の方が多いよ」

「駄目だったら?」

「リセットするだけだ」

「危うい立場ですね」ウグイは言った。

「君は、相手が察知していると思う?」

「絞り込んでいる可能性が高いと思います。動かないのは不利ではないかと」

「そう、それが普通だ。だから動くものを探している。だから動かない手が有効だ、と思う」

「天《あま》の邪鬼《じゃく》ですよね、単なる」

「そうだね、そのとおり」

だが、この方法しかない、と僕はもう確信していた。人工知能と幾らかつき合ったから、こういった方法論が自然に出てきたのかもしれない。人間だって、それくらいは学習する。

「そうだ。良いことを思いついた」僕は言った。

ウグイが、期待の表情で、躰を起こした。

「手紙を書くんだ。紙にペンで字を書く。情報局宛の……」

ウグイが、がくんと項垂《うなだ》れる。少なくとも彼女には、期待外れだったようだ。

「それで、それをどうするのですか？」彼女は俯せになっていた。顔を上げないまま尋ねた。

「えっと、瓶《びん》に詰めて、どこかの川に流す」

「あぁ……」ウグイが声を上げた。

しばらく、沈黙が狭い部屋の中に充満した。

「流すのは、ちょっと時間がかかるかもしれないね。鳥の足につけるのは、どうだろう？そうか、風船につけて、飛ばすとかは？」

「どこへ届くというのですか？」ウグイは、顔を上げずにしゃべっている。まるで、トランスファと話をしている気分になれた。

「風船をどこで手に入れるかも問題だね。うーん……」

「それだったら、手紙を書いて、この窓から外に投げれば良いだけでは？」ウグイが早口で言った。「誰か、善良な市民が拾ってくれて、情報局へ電話をしてくれることでしょう」

「そう、その手はあるね。でも、窓はきっと開けられない。開いたとしても、ビルの前をうろついている敵が拾ったら、アウトだ」

「私は、もうほとんどアウトです」

「え？　何？　なんか今、面白いことを言ったね、君」

ウグイが顔を上げる。僕を睨《にら》みつけている。

もうちょっと考えなければならない、と思った。焦ってはいけない。ゆっくりと、じっくりと、ひたすら考える。たぶん、これしかない。

「そうだ、二手に分かれよう。別行動を取った方が、見つかりにくい」

「却下します」ウグイがすぐに言った。「私には、任務があります」

「うーん……」僕は唸った。言い返す理屈が見つからない。

また、考え始めた。

相手は、何故出てこない？

一つの可能性は、最初に考えたように、この場所が相手にとってホームではないからだ。しかし、それなりに要員を送り込んできているはず。見張りもいなかったし、その後、追いかけてきたのも数人だった。彼らは、こちらを攻撃してきたわけではない。殺したいなら、武器を使う時間はあったはずだ。

つまり、僕たちを絶対に留めておきたいと考えていない可能性がある。ということは、ネットに接続して、連絡をしても大丈夫なのか。もう、僕たちを監禁しておく理由がなくなっているのかもしれない。無理に追うな、ということなのだ。

しかし、そう思わせて、連絡をするのを待つ気かもしれない。これは、人工知能だったら考えそうな作戦だ。街中で暴力を目撃されるわけにもいかない。できるだけ穏便に済ませたい。だったら、僕たちを安心させ、連絡をさせる。その発信を待っている。近くで張り込んでいれば、すぐに僕たちを確保することができるだろう。

とりあえず、殺すことが目的ではないのは、ほぼ確かだといえる。抹殺されるというわけではない。

「一つ思いつきました」ウグイが言った。「聞いてもらえますか?」

僕は、彼女の顔を見て頷いた。

「この近くにいる一般の人に、端末を借りるのです」

「借りて、どうするの? 情報局へメッセージを送る?」

「それは、トランスファが信号を待ち構えているからできません。そうではなくて、誰か、知合いに連絡をします」

「誰に?」

「誰か、いませんか?」ウグイはきき返した。

「いない。その人に事情を話すわけ? 警察に秘密裏に連絡してくれって?」

「無理ですか……」

「それだったら、一か八か、アネバネに連絡した方が良いかもね」

「して良いですか?」

「駄目」僕はすぐに首をふった。「とにかく、待とう。時間が経つのをね」

「あぁ……、じれったいですね。私には向かない作戦です」

「そういうこと。君はせっかちだからね」

「お言葉ですが、あそこから逃げ出したことが、そもそもせっかちだったのでは?」

「うん、まあ、あれは流れのようなものだった」

「非科学的ですね」

「君だって、笑っていたじゃないか。賛成だったのでは?」

「え?」

「楽しそうだったじゃない」

「まさか……」ウグイは起き上がった。「あのときは、盗聴されているから、演技をしただけです」

「いや、それはわかっているけれど、でも、楽しそうだったよ」

「そんなふうに想像されたのですね。心外です。私は、先生の指示に従って、最大限できることをしたつもりです」

「わかった……」僕は片手を広げた。そして深呼吸をした。「お互い、気が立っているんだ」

「先生は、寝起きだから、ご機嫌が悪いのですか?」

「いや、そうではない。機嫌は、特に悪くないよ。寝起きって? ああ、そうか、寝ていたね。いや、悪かった。とにかく、ちょっと、冷静になろう」

「はい……」ウグイは頷いた。「すみません。私も言いすぎました」

「私は、言いすぎていないけれどね。あ、こういう物言いがいけないんだな、悪い、もうしない。修正する」

「あの、誰かの端末で、ネットにアクセスすれば、問題ないのでは?」ウグイが言った。

「ここにいる客の誰かに、貸してもらうのは?」

「どうやって? 事情を話して?」

「端末をなくして、困っている、と話すとか……」

「でも、ネットで検索したら、察知される。キーワードは使えない。情報局、警察、国際会議、そういった関連ワードは全部駄目だ」

「でも、このままここにいたら、相手は場所を絞り込んで、綿密な作戦を練って、実行してくると思います」

「まだ、絞り込んでいない。とにかく、出るのを待っているはずだ。だから、待たせておけば良い。やるとしたら、思いもしない突飛なことでなくちゃ……」

「突飛なことって……」

ウグイは黙ってしまい、また俯せになった。

彼女も眠いのかもしれない、と僕は思った。今のうちに寝ておくのが良いのではないか。でも、そんなことを言葉にしたら、また怒るにきまっている。

5

考えているうちに、僕は眠ってしまった。気がついたら、またウグイの姿がない。モニタの時計を見ると、午後三時を回っている。どうも、三時間ずつ睡眠する傾向があるようだ。

ウグイが、ちっとも帰ってこないので、外が気になった。トイレにも行きたくなり、ハッチを開けて外に出ることにした。通路には誰もいない。といっても、カーテンが垂れ下がっているので、もともと見通せない場所なのだ。

まず、トイレへ行く、誰にも会わなかった。店の入口付近で声が聞こえたので、そちらへ歩いていき、カーテンのスリットからこっそり覗いてみると、客らしき二人と、ターバンの店員が話をしていた。客はレジを済ませて、店から出ていく。

そのターバンの店員がこちらを向いた。最初に見たときとは別人だ。僕は、そちらへ出ていった。近づいてわかったが、ロボットではない。ウォーカロンか、あるいは人間だろう。男は、無言で軽く頭を下げた。カウンタの内側にいるので、上半身しか見えない。

「なにか、お困りでしょうか?」彼がきいた。

「あの……、一緒に来た連れが、どこへ行ったかなと思って、探しているのです」僕は尋ねた。

「そういうことは、よくありますよ」店員が微笑む。

彼はまちがいなく人間だ、と僕は思った。

「来たときには、ロボットでしたね」僕は言う。「どうして、交替したのですか?」

「私の仕事時間だからです」店員は答えた。

ロボットに全部任せておけば良いのに、と思ったけれど、あまり立ち入らない方が良い。彼は、カウンタの中でモニタに触れていたが、そのモニタを僕に見せた。二十人ほどの顔が表示されていた。

「彼女は、どの人？」店員がきいた。

僕はモニタを見る。小さくて見にくいので、カウンタから身を乗り出して覗き込んだ。ウグイの顔が見つかった。

「あ、その人」僕は指差した。

でも、指が届かないから、ターバンの男には伝わらない。彼は、モニタを持ち上げて、僕の方へ近づけてくれた。

「この人です」僕はウグイの顔に指を当てる。すぐ隣に自分の顔もあった。自分の顔というのは、けっこう珍しい存在だ。ほとんど馴染《なじ》みがない。他人のようだ。

店員は、ウグイの顔を指で突いた。すると、文字が現れた。

「お風呂《ふろ》ですね」店員が言った。

「お風呂？」僕は、少々驚いた。ウグイが何のために風呂などに行ったのか、と幾通りか可能性を考えたが、しかし、店員がそんな理由を知っているはずもない。

だが、もっと驚くことがあった。モニタから目を逸らした瞬間に、引っかかるものがあって、もう一度見直した。

知った顔がそこにあったのだ。

「あ、その人……」僕は指差したが、店員がモニタを戻そうとしていたので、再び遠くなってしまった。

「すいません」僕は言った。「知合いがいるから……、挨拶しないと」

ターバンの男は、面倒くさそうな顔を隠さなかったが、またモニタを近づけてくれた。

「この人です。友達なんです。部屋を教えて下さい」僕は言った。隣が空白で、写真がなかった。「一人でここにいるの?」

「今は、お一人ですが、どなたか来るかもしれません。プライベートなことなので、お部屋はお教えできません」

「いや、大親友なんですよ。大丈夫、絶対に怒ったりしませんから。えっと、サービス料を倍にしてもらってもかまいませんから」

「本当ですか」店員は、びっくりした顔だ。サービス料の倍額は、オーバすぎたかもしれない。五割増しくらいにしておけば良かった。そもそもサービス料がいくらなのか知らない。全額が倍かもしれない。踏み倒すつもりでいたから、やや後ろめたい気持ちが沸き起こった。

店員は、部屋の番号を教えてくれた。どのあたりかも聞いた。けっこう近くの部屋のようだ。

さっそく、その部屋へ向かった。自分の部屋の番号も知らなかったのだが、五つしか離れていない。少し奥になる。

そのハッチは、床に近い方だったので、梯子はいらなかった。開けるまえにノックする。返事があったので、少し開けた。

「こんにちは」僕は顔を覗かせた。

アカマは、びっくりした顔のまま、固まってしまった。

五秒ほど動かなかった。下着しか着ていない。かなりリラックスした服装といえる。だが、まえの大学の研究所でも、夏はいつもそれに近い格好だったので、僕としては懐かしかった。

「ハギリ先生ですか?」五秒ののちに彼が発した言葉がそれだった。

「そうだよ。奇遇だね」

「奇遇ですね」

「悪いね、驚かせて」

「驚きましたよ」

「ちょっと、その、話があるから、入って良いかな?」僕はきいた。

「え? ちょ、ちょっと待って下さいよ。服を着ますから……」

「どうしてこんなところにいるの?」

「先生こそどうして……、あ、それよりも、先生、失踪中《しっそうちゅう》なんじゃ……」

「そうだよ。私は失踪中なんだ」

「服を着ますから、ちょっと待っていて下さい」

「私の部屋は、五つむこうの上だから。そこで待っている」

「わかりました。すぐ行きます」

ハッチを閉めてから、僕は自室へ戻った。念のため、ハッチを少し開けておいた。ウグイはまだいない。ウグイに、アカマの話を聞かせようと思ったのだ。いったい、彼女は風呂に何をしにいったのだろう。この非常時に風呂とは……、と少しだけ腹を立ててしまったが、非常時に僕は寝ていたのだから、人のことは言えない。彼女もさっぱりしたいのだろう。

一分もしないうちに、アカマがやってきた。

「お邪魔します」

「どうぞ、遠慮せずに……」

アカマは、ウグイがいた側の壁際にもたれて座った。シャツとズボンを着ただけで、ネクタイはしていない。

「どうして、先生がここにいるのですか?」アカマが尋ねた。

「ちょっと事情があってね」

「そりゃあ、あると思いますよ」

「君は、何をしているの? 一人?」

「ちょっと……、その……、こちらにも事情がありまして」

「では、お互いに聞かないことにしよう。私がいなくなったあと、会議がどうなったのか知りたいんだけれど」

「えっと、あのセッションは、行われましたよ。あの……、誰か、知らない先生が代理で司会をなさっていました」

「君は？」

「いいえ、なにもしていません」アカマは首をふった。

「でも、もともと君が司会補佐だったんだから……」

「そうそう、シキブさんって人も、いなくなっちゃったんですよね、先生と一緒に。で、やっぱり、スタッフが代役で補佐をして……」

「ホワイトの人たちは、発表をしたんだね？」

「しましたよ、凄いですね、あれは……」

「どんなふうに凄かった？」僕はそこが知りたかった。

「どんなふうにというか……」

「あと、私たちのほかに、失踪した人は？」

「いえ……、どうかな……。よく知りませんけれど、いなかったと思います。たぶん、ですけれど」アカマは首を傾げる。「あの、先生は、失踪したんですか？　どうして行方を眩《くら》ましたのですか？」

「いや、眩ましたというわけではなくてね、えっとぉ……」

ハッチが開いた。開けたのは、ウグイだ。ウグイは、アカマを見て、驚いたようだ。アカマも、ウグイを見て、腰が浮くほど驚いた。この二人を見て、そうか、こうなるのか、と僕は思った。

ウグイは上着を脱いでいて、それを手に持っていたが、慌てた様子で、それを着た。

「あの、これは、あの、えっと、邪魔じゃないですか?」アカマが自分を指差して言った。

「外しましょうか?」ウグイが、ほぼ同時に言った。

「いや、かまわない。一緒に話をしよう」僕は、アカマとウグイに言った。

ウグイは部屋に入って、ハッチを閉めた。といっても、立つことはできないから、膝をついて、這《は》うようにして、僕の近くまで来て座った。アカマに場所を取られているからだ。今頃気づいたのだが、ここは三人には充分な広さとはいえない。面積的にも容積的にもである。

「えっと、アカマさん」ウグイに、アカマを紹介した。「以前、私の研究室の助手だった」

ウグイは無言で頷く。彼女は、アカマを知っているのだが、今は知らない振りをしている。彼女は、私は知らないのですよ、という強い視線で僕を睨んでいたのだ。それに、僕も気づいたので、わざとらしく紹介したのである。

「えっと、彼女は、シキブさん。現在のアシスタント」僕は、アカマに言った。

ウグイが頭を下げると、アカマも黙って頭を下げた。しかし、ウグイを見つめているアカマの目には、彼独特の粘性があった。そう、その目だな、と僕はとても懐かしかった。彼にしてみれば、それがデフォルトの目なのだが、他者から見ると、人を疑っているような表情に見えるのだ。爬虫類《はちゅうるい》を連想させる目とでもいうのか。

「あの……、どうして、ここに、お二人で?」アカマは質問した。

「だからそれは、お互いに不問にしよう」僕は制した。

「いえ、そうではなく、その、つまり、えっと、失踪したのは、単なる逃避行だったのですか、という疑問なのですが……」

「逃避行?」僕は、彼の言葉を繰り返しながら、ウグイの顔を見た。「知っている?」

「ええ」ウグイは、嫌そうに頷いた。その古典的な表現を理解はできるが、それを今使うことの無神経さに腹を立てている可能性は九十五パーセントだ。

「とにかく、ホワイトの発表者たちが、予定どおり発表をしたことがわかった」僕はウグイに言った。

「え、そうなんですか?」ウグイは、目を見開いた。「では……」

「偶然、アカマ君がここにいたことで、新しい情報が手に入った」僕は言葉を慎重に選んだ。「お互いに、それぞれの事情は棚上げにして、現状を打開したいので、協力することにしたいと思う」

「何をおっしゃっているのか、わかりませんけれど」アカマが言った。「現状を打開するというのは、何ですか？」

「君は、ここに何時頃に来た？」僕はアカマに尋ねた。

「つい、十分くらいまえです」アカマが答える。

では、来てすぐに、あんなに服を脱いでリラックスしていたのか、と疑問を持ったけれど、それは棚上げにしたのだった。

「午前中は、講演を聴いて、途中で会場を出てきました」アカマは続ける。

「なにも異常は感じなかった？」

「ええ、ハギリ先生がいなくなったというだけです」

「この店に入るときも？」

「何をきいているのですか？」

「店の前とかに、怪しい連中がいなかったか、というようなことだけど」

「怪しくはないですね、誰も」

「そうか……」僕は頷いた。ウグイを見る。「どうしよう？」

「アカマさんにお願いをして、連絡してもらうのが良いのではないでしょうか」ウグイは言った。「私たちは、理由があって、ネット接続ができないのです。アカマさんに、乱数を流してもらえたら、とても助かります」

「ランスウ？　何ですか、それ」アカマが尋ねた。

「ランダムな数字のことです」

「ああ、乱数……」アカマは頷き、僕を見た。「彼女、なにかに取り憑《と》かれているとか？」

「うん、まあ……、人間いろいろで、その、趣味も多様化しているからね」

「乱数をネットに流したら、どうなるのですか？」アカマはウグイを見ず、僕に向かって尋ねた。

「それはね、そういうサークルがあって、みんなでコンテストみたいなものをしているんだよ。とにかく、君には関係がない。でも、やってくれたら、お礼はするから」

「お礼なんかいりません。ここで会ったことを、秘密にしていただければ」

「もちろん。絶対に誰にも言わない」

「先生たちのことも、内緒にしておきますから」

「ああ、それは助かる」僕は頷いた。

ウグイは、メモをするものを探した。窓のモニタの近くに、メモ用紙とペンがあった。今どき珍しい古風な備品といえる。彼女は、顳顬に指を当て、もう片方の手で、メモに数字を書き始めた。アカマがそれをじっと見ていたが、しばらくして僕へ視線を移す。

「なんか凄《すさ》まじいですね。彼女、人間ですか？」アカマがきいた。

「そんなことより、君は、いつここを出る?」

「えっと……」アカマは時計を見た。「一時間後くらいのつもりですけど。電車で帰りますから」

「では、ネットで彼女の乱数を流すのは、駅についてからか、電車に乗ってからにしてほしい」

「はい、いいですよ。どこ宛に流すのですか?」

「宛名なし、差出人なし、サブジェクトもなし」ウグイが答える。

「あ、はい、わかりました」アカマは頷き、そこで微笑んだ。「スパイごっこですか?」

ウグイは、書き終わったメモをアカマに手渡した。数字が三行も並んでいた。

「間違えないようにお願いします」ウグイは、アカマに頭を下げる。「成功したときには、改めてお礼をいたします。どうか、私の願いを聞き届けて下さい」

「はい、了解しました」

6

アカマは、部屋から出ていくとき、「絶対に、部屋に来ないで下さいね」と言った。

そう言われると気になる。彼の部屋へ行くためには、僕たちの部屋のすぐ前を通らなければならないはずだから、通路を見張っていれば、待ち合わせの相手を見ることができるだろう。ハッチを少し開けておくか、とも考えてしまった。しかし、ウグイが、「はい、わかりました」と返事をして、ハッチを閉めてしまった。

「上手くいくでしょうか」ウグイが呟いた。彼女は、再び僕の反対側に移動している。

「彼が駅へ着くのは、二時間後くらいですね。それまで、ここで待ちますか?」

「暗号には、何を書いたの?」

「現在位置と連絡方法と、次の暗号のコードです」

「では、この位置から離れることはできない」

「そんなことはありません。半径百メートルくらいの誤差は許容されます。ここでなくても大丈夫です。近くに局員が多数来てくれれば、先生の安全を確保できると思います」

「今のところ、安全だけれど」

「敵は、今準備をしているところかもしれません。出てくるときは一気に来ます。そのまえに、移動した方が良いかと」

「そういえば、お風呂に行っていたね」

「あ、ええ。どうしてご存じなのですか?」

「店員にきいた。ロボットじゃなくて、人間の」

「共同の浴場、サウナ、シャワールームなどがありました。一つ下のフロアの北の端です」ウグイが説明した。「そこから、逃げ出せると思います。近くの非常階段から下りられます」

「そうか。ここを不正な方法で出ないといけないんだ。アカマに金を借りれば良かったかな」だが、現金を持っているとは限らない。カードで貸し借りをしても意味がないのだ。

「私たちがここから逃げたら、店は警察に連絡するんじゃないかな」

「そうですね。顔は記録されていますが、名前は登録していません」ウグイが言った。

「私は、顔では身許はばれないはずです。先生はそういきませんね。警察がすぐに公開捜査をするとは思えませんが、データをネットに流すでしょう」

「アカマさんの話では、事件といった感じではありませんでした。つまり、警察沙汰になっていないのでは？」

「私は、会議場で行方不明になっているらしい、君と一緒に」

「だとしたら、あの控室にいたほかの人たちは、どう思ったのだろう。ちょっとした爆発があったというだけ？ そうか、私たち二人がいなくなったというだけか」

「ホワイトの人たちが、偽証をした可能性が高いですね」ウグイは言った。「ハギリ博士は、気分が悪くなって出ていかれた、とか」

「救急車も来なかったわけか……。そうか、それもすべて演算済みで、代役もあらかじめ考えてあったのかもしれない」

「シモダ局長が知らせにきた、日本政府のプロジェクトはどうなったのでしょうか。中止になったということですか？」

「なにか、大掛かりな陰謀だった可能性はある」

「どういうことですか？」ウグイはきいた。今は壁際で座っていて、片方の脚を投げ出していた。

「まだ、頭の中でまとまっていないけれど、大まかに言って、二つの可能性がある」僕は寝転がり、横を向いて、頭を腕で支えている。「一つは、ホワイト側が先制攻撃を仕掛けて、私たち二人を拉致した。その結果、日本側は、ホワイトのメンバの拉致作戦を諦めざるをえなくなった。その作戦を中止させるのが目的だから、この場合、ホワイトとしては、目的が達成され、私たちを拘束しておく意味がなくなっている。だから、あっさりと逃げ出すことができた」

「それは、現状に一致している感じですね」ウグイは頷いた。「もう一つの可能性は？」

「そもそも、すべてがホワイトの作戦だった。日本はなにも計画していない。しかし、情報局に偽情報を流して、日本政府が企てているという偽装をした。局長は、慌てて私に知らせにきた。極秘の作戦だったから、確認も充分に取れなかった可能性がある。実際、蓋《ふた》を開けてみたら、私たち二人だけが行方不明になった。そこで初めて、作戦自体がなかったこと、ホワイト側が仕掛けた偽装だったことがわかった。でも、人質を取られている以上、公にできない。ホワイトの責任を追及できないでいる。会議の発表が終わり、メンバが帰国したら、人質は返還されるかもしれない」

「情報局としては、大失態ですね。局長の首が飛ぶかもしれません」ウグイが言った。

「そう。だから、何があったのか、最後まで公開されない可能性が高いね」

「いずれにしても、私たちは、早く表に出ていった方が良いということになります。もう、敵も執拗《しつよう》には拘束しようとはしないのでは？」

「そうだね。今頃、撤退命令が出ているかもしれない」

「だったら、早く……」ウグイが言いかけた。

「まあ、そう慌てない。そうでない可能性だってあるからね」

「二つだけじゃないんですか？」

「まず、ホワイトではなく、第三者が実行した可能性がある。単なる身代金目当てかもしれない。ただ、この場合、ペガサスのロボットを使う手口が、やや不合理だと思った。そんな内部事情を知っている人間は多くはないはずだ」

「第三者にしては、一般の建物の地下室に人質を監禁するという点が、不自然ではありませんか？」

「そうだね。でも、あそこの関係者が仲間にいるのかもしれないから、完全に否定はできない。それから、身代金が目的ではなく、もっと政治的というか、情報局に要求したいことがある。あるいは、日本政府に対するテロとして、実行された可能性もないわけではない。この場合は、金ではなく、なんらかの情報であったり、誰かの釈放であったり、そういった要求を出しているはずだ。もちろん、アイデンティティを世間に知らしめたいというPR活動の場合もありえるけれど、アカマがそんなニュースを知らないのだから、この可能性は低いだろう」

「あの、私はどうして拘束されたのでしょうか?」ウグイがきいた。「先生お一人ではなかった理由は?」

「二人の方が、人質交換のときとか、融通が利くんじゃないかな。一人ずつ殺して、見せしめにするとか」

「ああ、なるほど……」ウグイは一瞬顔をしかめたが、すぐ普通の表情に戻った。「でも、お聞きしたうちでは、やはり、最初の二つの可能性が、確率が高いと思います」

「まあ、ここで、正規に支払いをして、表通りへ出ていったらわかる。誰も私たちの前に現れなかったら、その二つの可能性にほぼ限定できると思う。もうすべてが終わっているんだ」

「最初から、おかしかったんです。ホワイトの発表を武力で阻止しようというのが、無理がある設定でした」

「でも、局長は出てきたよ」

「人工知能が言ったことを信じてしまったのではないでしょうか」

「というと、日本政府の人工知能の中に、やはり外に通じているものがある、ということになるかもしれないね。国防上の大問題になりかねない。ペガサスかどうかは別としてね」

「何を考えているのかわからないけれど、今までは、言うとおりに従っていたら利益があった。でも、だからといって、ずっと頼っていると、そのうち問題になりますよね？」

「人工知能に、人間はとっくになめられているかもしれない。上手く騙してコントロールできる、という見込みを既に持っているんじゃないかな。人間は、それくらい面倒なことを考えなくなった。特に、この頃は世代が変わらないから、政界でも財界でも、偉い人たちはみんな超高齢層だからね。いちいち細かいことに悩んだりしない。コンピュータに任せておけば良い、と思っているだろう。一方で、人工知能は学び続けていて、どんどん賢くなっている。人間との知能の差は広がるばかりだ。人工知能は、悪事は働かない。私利私欲で勝手を通すこともない。でも、合理的な演算をして、人間をこちらへ導いた方が良いとなれば、少々常識外れであっても実行するかもしれない。あとで結果さえ出せば人間はわかってくれる、という展望を持って行われるような犯罪ぎりぎりの行為があるかもしれない」

「私たちが巻き込まれているのが、それですか？」

「特に、人間とウォーカロンの関係は、そういった常識がまだ希薄な領域だからね。社会が間違った方向へ行かないように、先々まで見越して今のうちに手を打とう、と計画されたことかもね」

「ハギリ先生を拘束することで、どんなメリットがあるのでしょうか?」

「そこは、やはりホワイトの発表に関係があるんだと思う。その発表自体を、日本の人工知能が悪い印象を持って受け止めることを予想して、どこかの人工知能は、それに対する安全装置として、私を人質に取る方策を計算した、のかな?」

「ペガサス自身を問い詰めたいところですね」

「ペガサスとは限らない」

ここで、会話が途切れた。結局、僕たちはここにいることになった。ウグイが、積極的な主張をしなかったからだ。ただ、風呂場から逃げるのか、それとも、援助が来るまで待つのか、という選択はまだしていない。

僕は、ずっとここにいるのが良いだろう、と考えつつあった。動かないのが一番不自然であり、最も突飛だと思えたからだ。相手が人工知能であれば、そういった突飛さに拘って行動した方が良い。

僕も風呂に入ってこようかと思い、ウグイにそれを言ったら、反対された。彼女の理屈は、なにかあったときに、駆けつけられない、ということらしい。だったら、さっきの場合はどうなのか、と尋ねたら、いつでも駆けつけられる状態だった、と強引な言い訳をした。フロアが違うのだから、無理だったのではないだろうか。

シャワーだけでも浴びたかったのだが、我慢をすることにした。これから、もしかしてまた全力疾走しなければならない事態になるかもしれない。

7

「先生の護衛をするようになって、私の考え方が少なからず変わったことは確かです」ウグイが突然話しかけてきた。「以前は、あまり深く物事を考えない質《たち》だったのですが、今は少しは考えるようになりました」

「それはね、年齢を重ねるほどそうなるんだよ」

「聞き流しますが、そういうことではなく、たとえばウォーカロンに対しても、以前は、自分たちとは相容《あい》れないものだ、つまりロボットに近い存在だと認識していました。信用できない、感情がわからない、という印象を持っていました。でも、先生の関係で、ウォーカロンと接する機会が増えましたし、今は、部下がウォーカロンです。キガタが来て、私の考えはがらりと変わりました」

「うん、それは、そうだろうね」

「最初はロボットみたいでした。とても生身の人間だとは思えなかった。でも今は、良い子だと思います」

「誰でも、身近に接してみないと、そういうことはわからないんじゃないかな」

「本当にそうですね」

「君もね、最初はロボットみたいだったよ」

「え?」ウグイは首を傾げる。「先生も、最初は、変人の学者だなって思いました」

「当たっているな」

「今は、そうは思っていません」

「お互いに歩み寄って、近くに来て、初めて見えてくるものがあるってことだね」

「ウォーカロンが、今でも人間に受け入れられないとしたら、それは、人間が世代交替しないからだと思います。ずっと昔のままの感覚を持ち続けているから、まだ、ロボットだと認識している人が多いのではないでしょうか」

「ウォーカロン・メーカにとっては、そのあたりが一番難しいところだと思う。ロボットのように受け止められている方が、商品として扱いやすいし、商売としてもやりやすい。人間になってしまうと、人身売買になるからね。それに、人間の子供が生まれるようになったら、ウォーカロンの価値は相対的に下がる。メーカとしては、その危機感を持っているはずだ。だから、ホワイトは、新しいビジネスを展開する方向へ動いている」

「あれは、具体的にはどんなビジネスなのですか?」

「いや、私も話を直接聞いたわけではない。でも、想像はできる。つまりは、生殖に必要なパラサイトを入れても、それを排除しない環境の細胞群で、人間の臓器を作っておく、それを推進するというビジネスだね。ウォーカロンの工場で、そういった細胞を生産するつもりなんだ。ウォーカロンの生産は、いずれ頭打ちになる、ということを彼らは予測している。次のビジネスは、人間自体を部分的に自分たちの工場で作ろう、というわけだね。ウォーカロンを作るよりも、人間を作った方が合理的だ。これまでなにかと風当たりが強かったけれど、人間性の回復がスローガンとなれば、メーカとしても認められるだろう、という打算もあるはず」

「その新しい臓器を躰に入れれば、すべてが解決されるのですか?」

「いや、そうではない。むしろ逆だ。すべてをその臓器にしなければならない。そういった環境の中でしか、パラサイトは生きられない。だから今、人工細胞を持っている人たちは、気長に新しい細胞群を買い揃えて、自分の躰を少しずつ改良していくしかない。何年もかけて、ようやく子供が産めるようになるだろう。それも、そういう観測がというか、可能性が高まる程度だと思うね。新たな問題が生じる可能性だってあるから、またそのときどきで、これが必要だ、あそこがいけないと指摘されて、治療が続くことになる」

「そうまでして、子供が欲しいものでしょうか?」ウグイは言った。「そもそも、私たちの世代には、そこが理解できません。先生は、いかがですか?」

「うーん、私は……、まあ、変人だからね。あまり参考にならないと思う。こうあってほしいという一般論を持ってはいない」

「真面目《まじめ》にお聞きしています。一般論ではありません。先生の個人的なご意見です」

「うん、そうダイレクトにきかれると、困るなぁ」僕は、息を吸った。「私自身は、自分の子孫が欲しいと思ったことはない。でも、私の両親は、孫が欲しいみたいだった。若いときには、そのプレッシャを感じていたけれど、もう死んじゃったから、どうでも良くなったね」

「どうして、子孫が欲しいのでしょうか? 部族の勢力を維持するための理由以外に、どんな効果があるのか、私には思いつけません」

「まあ、一言でいえば、自身の死が前提だったわけだね。自分が死んでしまうことが自明だった。しかし、自分が成したもの、たとえば、事業だったり、あるいは、思想とか、財産とかだったり、そういうものは自分の死後にも残るわけだ。そうなると、自分が築いたものが消えてしまうのではなく、自分の子孫に受け継いでもらいたい、という欲望が生じるんじゃないかな」

「それは、後継者ですよね。後継者だったら、血のつながりがなくても、自分の遺志を継いでくれる人に任せれば良いのでは?」

「昔はきっと、血がつながっていないと、他者を信頼できなかったんだよ。人生が短かったから、短い時間の間に、後継者の人間性を見極められなかったんじゃないかな。その点、家族だったら、子供のときから知っているし、つき合いの時間も他者に比べれば格段に長い。お互いの信頼が築きやすいわけだね。それに、法律的にも、個人の財産を引き継ぐことが認められていたからね。昔の権力者なんかも、血筋で交替していくシステムだったし、まったくの部外者よりは、周囲の人たちも受け入れやすかった。話合いで決めるよりも簡単だった。そういう文化が世界的に存在したということ」

「それって、一種の人種差別ですよね。自分の血に近ければ後継者で、そうでなければ仲間に入れないというのは」

「そういう見方もあるかもしれない。だけど、つい最近まで、その制度はあった。今はなくなってしまった。子孫が生まれないから、誰もその変更について文句を言わなかった。世界的に見れば、まだ、子孫への財産贈与を認めている社会が沢山ある。権力を引き継ぐことを認めるところだって、まだ存在すると思う」

「どうも、私には遠い世界というか、やっぱり理解できません」

「私も、そちらに近い」僕は頷いた。「地球では、たまたま人間だけが、言葉を介して社会活動ができたわけだけれど、たとえば、人間ではない動物に、もっと知性があったら、そういう動物にも権利を与えなければならないはずだ。それが、人間が考えた人権のルールだからね。種族が違えば、血が混ざらない。いつまでもお互いに相容れないような感情も生まれるだろうけれど、知性があれば、それを解決していける。それが法律というか、モラルというものだと思う。昔は、人種差別があったけれど、人間はそれを克服してきた。これは、同じ種族だったからだ。そういう意味では、ウォーカロンも同じ種族だから、差別がなくなって、区別さえしなくなる社会になるのが、道理だと思うし、時間はかかるかもしれないけれど、きっとそうなる。しかし、問題は、人工知能とか、ロボットとか、そういった無機でメカニカルな者たちだと思う。ここを今後、人間がどう受け入れていくのか、という点が、少々心配ではあるね」

「心配というのは、人工知能が、人間を排除しないか、という点でですか？」

「そうではない。逆だ」僕は首をふった。「排除しようとするのは、人間の方ではないかな。人工知能は、そういった兆候を見逃さないから、過剰に防衛する危険はあるかもしれないけれど……」

「私は、その過剰な防衛が心配です。感覚的に恐いとさえ思っている人が、大勢いると思います」

「人工知能は、ある一定の能力レベルのものが支配的な立場にあって、そういった高い知能による支配で、統制が取れている。彼らには、合理がすべてだ。正しい理屈、より緻密《ちみつ》な演算が正義になる。しかし、人間社会はそうではない。知能が高くても低くても、人権は同じ、平等だ。かつては、そういった数の論理で政治を行っていた。これが、ときどき小さな間違いを選択してしまい、大きな危機を招く結果となった。その点は、なんとか修正ができた。その修正に、コンピュータによる演算が関わった。まだ人工知能と呼べるレベルではなかったけれど、それらの演算を人間社会が取り入れて、軌道修正してきた。ただ、今でも、人間は個人の感情に支配されている。好きか嫌いかで味方か敵かを決めてしまう。そういった未熟さというか愚かさというのは、長く続いていた宗教による争いにも発端がある。文化が違う、生まれた環境が違う、受けた教育が違う、というようなことで相手を区別し、排除しようとしたんだ。今でも、その血が残っていると思う。とりあえずの平和が実現して、大勢が一時的に黙っているだけで、なにか突発的なことが起こった場合、一気に不満が高まって、暴力的な噴出があるかもしれない。それは、これまでの歴史を知っていると、絶対に否定できない。人間というのは、基本的に戦うことで活路を見つけてきた。勝つこと、生き残ることで、自分たちを確かめてきたんだ」

「わかるような気がします。銃で相手を排除したときに、不思議な高揚感《こうようかん》があります。これは、教えられたものではなくて、人の血というのか、遺伝子に組み込まれたものではないかと、ときどき思います」

「そう、本能だね。しかし、だからといって、諦めて受け入れてしまうのはまずい。理性や知性で、それらを修正していくことこそが、人間らしい能力なのだから」

「諦めてはいけないんですね」ウグイは小さく頷いた。

「偉そうなことは言えない。私自身なにも力を持っていない。社会を変えていくこともできない。演説したこともないし、講演をして大勢に訴えかけたこともないからね」

僕は、そこで微笑んだようだ。ちょっと、それを自覚した。

こんな狭い空間に、彼女と二人だけでいるのが、奇跡的な時間のように感じられた。危機的な状況ではなかったのか、と思い出す。

どうして、こんなふうになったのだろう？

こんなふうになれたのだろう？

それは、世間から、ネットから、多くの仕事、人間関係から、遮断されたためだろう。孤立したことで、普段は意識に上らないような、本来の自分を再確認したような気持ちになった。

ウグイは、これまでのどの彼女よりも素直に思えた。

じっと、僕の話に耳を傾けてくれて、つい、僕もしゃべりすぎてしまった。

そう思ったから、ここで僕は黙った。

「どうされたのですか？」ウグイが尋ねた。

「うん、いや……、ちょっとしゃべりすぎたから」僕は言った。

「もっと、聞かせて下さい」

僕は彼女の顔を見た。

距離は、一メートルほどしかない。こんなにじっくりと、しかも長く、ウグイの顔を見ることは、滅多にない体験かもしれない。

いつの間にか、彼女の頰《ほお》が濡れていた。

ウグイは、それに気づいたのか、目を瞑り、片手で頰を拭った。

「どうかした？」僕は尋ねた。

「なんでもありません」ウグイは声を震わせている。珍しいことだ。

「でも、泣いている。どうして？」

「大丈夫です」

「なにか、辛いことでも思い出した？」

「違います。悲しいのではなくて、嬉しいから……」ウグイは、言葉の途中で笑顔になった。「どうして、涙が流れたのか、わからない」

「何が、嬉しいの？」

「はい、先生のお話が、その……、きちんとした考えだと思えて、そういうふうに、きちんと考えている人がいる、ということが、なんだか、とても嬉しく思えて……」

8

時計を見ると、アカマと別れて一時間以上が経過していた。彼は、ここで誰かと会って、もう出ていったのだろうか、と想像した。その相手の性別も少しだけ気になったが、その種のことは考えない方が良い、という警告が自分自身からあった。

ウグイが涙を流した理由はわからない。嬉しいからといっても、泣くほど嬉しいことだろうか。しかし、問《と》い質《ただ》すわけにもいかない。彼女のことが愛おしく感じられて、もう少し近くへ行って、頭を撫《な》でるとか、抱き締めるとか、そんな発想も持った。でも、それにも自身の警告が絶対に発せられるだろう、と予想できて、躊躇《ちゅうちょ》した。

ようするに、こういったシチュエーションに僕は慣れていないのだ。どうしたら良いのかわからない。デボラがいたら、質問したかった。世間の統計を参考にしても良い。情けないことだ、と少し思ったものの、実際にわからないのだからしかたがない。

二人ともが沈黙してしまった時間が、たぶん、十五分ほどあった。その間、僕たちは見つめ合っていたわけでもないし、また、目を瞑っていたわけでもない。

僕は考えていたし、きっと、彼女も考えていたのだろう、と思う。

彼女が、何を考えていたかは、わからない。

自分だって、何を考えていたか、わからない。

ただ、今のこの状況というか、この場所、この時間、自分の立場、仕事、そして、社会も、人類もすべて、とにかく、それら一切を忘れてしまった。

忘れていたように思う。

つまり、もしかして、ただ、ぼんやりとしていただけで、なにも考えていなかったのかもしれない。

ふと、自分や今を思い出したら、十五分くらい時間が経過していたようなトリップだった。

そして、ウグイを見た。

彼女も、僕を見ていた。

もう泣いていない。

良かった。

いや、良かったのかどうか、わからない。悲しかったわけではないのだから、悪くはなかったのだから、今が良いともいえないのだ。

けれども、涙が出るというのは、不安定な状態にはちがいないのだから、それが解消されたことに、とりあえずほっとした。不思議な体験だった。他人の感情が、自分のことのように敏感に感じられたことがだ。

何だろう、これは。

研究に没頭しているときにも、これに似た感覚がときどきある。思いつきを予感するような、あの感覚だ。手が届きそうな期待感みたいな。

しかし、現在の状況と研究の発想が同じであるとは、どう考えても不合理。不合理なのに、背筋が寒くなるような体感が、たしかにあった。ウグイの涙を見たときだ。僕はもの凄くびっくりした。これは、どう説明すれば良いのか。たとえば、デボラには、伝えることができないかもしれない、と思った。

しかし同時に、オーロラはこれを知っているような気もした。人工知能であっても、人間の涙に近いものを知っているのではないか。知性とは、そういった新しいリンクを築くものだ。それが、本来の知力でもある。

これさえ、人工知能が学んでくれたら、人間はきっと彼らを認めるだろう、とも考えた。よくわからないけれど、多種の知能と共存する社会において、問題を解決する手掛かりのような、ヒントのようなものがある、と感じたのだ。

すぐにも、デボラ、そしてオーロラと話がしたくなった。

議論がしたくなった。

でも、ウグイとの議論は、何故かできない。あまりに近すぎる。この感覚が、今は不思議でしかない。言葉を探したが、一番近い理由は、恥ずかしいから？

そう、恥ずかしい。

どうして？　何が、恥ずかしいのかわからない。

自分を知られることが恥ずかしいのだろうか。誰が見ているわけでもないのに、何故そんな感情が湧き起こるのか？

まったく理解できなかった。

突然、ハッチが開いた。

ウグイが、すぐに反応し、銃を手にした。

僕は、姿勢も変えられなかった。

僅かに開いたハッチ。

ノックもベルもない。

アカマが出ていったあと、ロックしていなかったのだ。

ウグイが、銃を向けたまま、ゆっくりと起き上がった。

すると、ハッチの隙間から、手が現れた。広げた片手。右手だ。

「誰？」ウグイが囁くように尋ねる。

「撃たないで下さい」小さな声が聞こえる。

手は引っ込み、ドアの隙間の下から、頭、そして顔の上半分が覗いた。

「キガタ」ウグイが言う。

キガタは、小さく頷いた。

「入って良いですか?」キガタがきいた。

「変な入り方しないでね」ウグイが言う。「もう少しで撃ってた」

キガタは、一度見えなくなったが、ハッチが大きく開く。

そして、キガタがジャンプして、中に飛び込んできた。

彼女は、後ろを向き、ハッチを閉める。また向きを変え、僕の前に座った。

「ハギリ先生、キガタが参りました」キガタが言った。「心配しておりました。ご無事でなによりです」

「どうして、ここが?」ウグイが聞いた。

「暗号が届いて、デボラが調べて、私に指示をしました。デボラが直接、先生たちにしゃべると、敵に感知される危険があるとのことです。あとは、私が、単独でこちらへ来ました」

時間的にだいぶ早い。アカマが信号を早く送ったからだ。ということは、駅に着くまえか。この近くで送ったとしたら、やや危険ではある。

「とにかく、良かった」僕は言った。

「はい」キガタが嬉しそうな顔で頷いた。「外にアネバネさんがいます。早めにここを出て、移動します。まだ、危険はあります」

「ここの料金もちゃんと払える」僕はそう言ってウグイを見た。

「では、すぐに出ましょう」ウグイが言った。彼女は銃を仕舞い、身支度を整えている。

「キガタ、さきに出て、この部屋の料金を払ってきて」

「え、私がですか?」キガタがきいた。

「そう」ウグイが言う。「早く行って」

「了解」キガタは頷く。彼女は、僕を見る。「先生、積もる話があるんですけれど、また
あとでお願いします」

僕は頷いた。

僕の場合、身支度もなにもない。着たままだし、持ち物もないからだ。

キガタが出ていき、ウグイがハッチを閉めた。

彼女は、急に僕に近づき、抱きついてきた。もの凄く強く、両手で拘束された。

数秒間だった。

なにも言わない。

ウグイは、すっと離れ、ハッチを開けた。

「行きましょう」彼女は言った。いつもの冷静な口調だった。

そのあと、振り返って僕を見た。

僕は、ただ頷くことしかできなかった。

第4章　慈悲をもって　With humanity

ゴブラン氷原逃避行のノートのどこかにエストラーベンはこう書いている。わが友は泣くことをなぜ恥ずかしがるのかと。恥ずかしがっていたのではなく恐怖のあまり泣けなかったのだと私は答えただろう。さて私は彼が死んだ晩、シノス渓谷から恐怖の向こうに横たわる寒い国へ入っていこうとしていた。そこでなら思う存分泣けると思ったが、いまさら泣いてみても詮ないことだとわかった。

1

キガタの服装は、国際会議のときとは変わっていた。オレンジと黄色の制服のようなファッションで、消防隊員か鉄道局員のように見えた。ただ、帽子は被っていない。髪は金髪で、ボリュームがある。髪の中に武器を隠し持っているのではないか。

ウグイと僕が店の出口まで行くと、カウンタの前にキガタが立っていて、ターバンを被った店員と話をしていた。店員は僕を見ると、片方の目を瞑って、にやりと笑ったのだが、その意味するところは想像できなかった。少なくともなにも言葉を発しなかったのは、仕事をわきまえているといえるだろうか。

キガタがカードで支払いを済ませ、店を出た。暗い通路は、来たときと変わらない。

「階段で」ウグイが言った。エレベータは、カメラやセンサが付いているからだ。

三人で階段を下りていく。キガタがさきに下り、ウグイは僕のすぐ後ろである。守られている、という感覚があった。一階まで、なにごともなく下りることができた。

大きなメガネの作業員風の男がそこに立っていた。アネバネだとわかった。僕には無言で頷いたあと、ウグイに言った。

「クルマを呼びました。まだ表には出ない方が良い」

「わかった」ウグイは頷く。

「建物の前で赤外線照射を受けたので、中に入りました」アネバネが言う。「敵が狙っていることはまちがいないと思います。もう、無線を使っても良いかもしれません。どっちみち、居場所は知られています」

「救援を呼ぶ」ウグイが応える。彼女は、片手を顳顬に当てて、小声で囁き始めた。

「こんな街中で、武器を使うようなことはないのでは?」僕はアネバネに言った。しかし、彼は僕をじっと見ただけで、言葉を返さない。

キガタが、建物の前を偵察にいき、すぐに戻ってきて報告した。

「コミュータが来ました」

僕たちはビルの横の路地に出て、表通りへ近づく。コミュータがドアを開けて停車しているのが見えた。歩道を横断すれば、乗車できる。あと、五メートルほどだった。

一瞬なにかが光った。

ウグイが僕を押し倒す。

アネバネは、一瞬で姿が消えた。キガタは、僕の後ろだったはず。

地面に倒れると同時に、爆音が鳴り響いた。

振動に続き、強烈な風圧を感じる。

ウグイに腕を引き上げられ、煙でなにも見えない中を走りだした。

息もできない。ウグイだけは近くにいる。僕の手を摑んでいるからだ。ほかの二人は見えない。

ビルの中へまた戻った。

耳をつんざくような大きな音が走った。

遅れて、通路の奥で炸裂音《さくれつおん》。

一方、屋外の煙の中からキガタが飛び込んできた。振り向きざまに、小型の銃を撃つ。

ウグイは僕をさらに奥へ引っ張った。

何が起こったのか。

話をする暇もない。

建物の中も、煙が充満している。

しかし、息はできる。

「ミサイルですか？」キガタがきいた。

「わからない」ウグイが答える。

通路の先で、再度、爆音。

同時に、閃光《せんこう》が飛び、遅れて、空気に圧迫される。

僕は後方へ飛ばされた。

落ちたところは、コンクリートで、尻餅《しりもち》をつき、数メートル滑った。

ウグイが、僕の近くへ来て、膝を折る。

「立てますか？」

僕が返事をするまえに、躰が持ち上がった。すぐ近くにあった階段へ。

そこを駆け下りる。

また、異様な音がして、建物が振動。

まるで、瞬発的な地震のようだった。

細かい塵《ちり》が、横からもの凄い速度で流れてきて、壁に当たって跳ね返るのを見た。

「非常、非常」ウグイは連絡をしている。

地下へ下りた。

三フロアくらい下りた。

再び、轟音《ごうおん》が鳴り響いたが、今度は少し遠かった。

「電波が届かなくなりました」ウグイは、顳顬に片手を当てて言った。「飛行体からの攻撃のようです。応戦部隊が出動しました」

「飛行体？　何の？」僕はきいた。「爆撃？　こんな街中で？」

「わかりませんが、現実です」

誰かが、階段を駆け下りてきた。キガタとウグイがそちらへ銃を向けたが、砂煙の中から現れたのは、アネバネだった。

「ロボットを三体、排除した」アネバネが言った。「近くにはいない。建物の上から撃っている」

「撃っている？　何を？」僕はきいた。

「レーザだと思います」アネバネが答える。

「このビルは、地上六階」ウグイが言った。「地上のスラブは薄いから、六枚くらいは貫通します。でも、地下なら、届かないはず」

信じられない。

これが、僕の率直な感想だった。

いったい今、何が起こっているのか。ここは日本だ。

三人は、地図を調べているようだ。どちらへ移動するか、決めかねていた。

「とにかく、移動」ウグイが言った。

階段へ戻り、さらに二フロアを駆け下りた。金属製のドアがあり、開けようとしたが、ロックされていた。これをキガタが銃で破壊する。

出たところは、駐車場のようだった。

「クルマを使いますか?」アネバネが言う。

「出ていったら、狙い撃ちされる」ウグイが却下する。

「ここは、電波が通じます」キガタが言った。

ウグイは、すぐに連絡を始めた。小声で話し続ける。

「どれくらいかかりますか?」彼女の声が大きくなった。「警察は何をしているの?」

駐車場の先に一台のクルマが現れた。スロープを下りてきたところのようだ。赤い回転灯が見えた。

アネバネが手を振る。気がついたらしく、こちらへ方向を変えた。

しかし、減速することなく、すぐ手前でスピンする。

サイドの窓から、銃が現れた。音が鳴ったときには、僕はウグイに押されて、壁の陰に倒れ込んでいた。

低いブザーのような音が何回か鳴った。銃声も一発。

その後、静かになったので、顔を出す。

銃を構えた姿勢のまま、ウグイとキガタが近くで立ち上がった。パトカーのむこう側にアネバネがいて、片手を広げていた。彼はクルマのドアを開け、中を確かめているようだ。ウグイがそちらへ行く。僕のところへはキガタが来た。

「警官じゃなかったの?」僕はきいた。

「トランスファではないでしょうか」キガタが言う。

警官がウォーカロンで、敵のトランスファにコントロールされていた、という意味のようである。

「デボラは、ここにいない?」僕はキガタにきいた。

「わかりません」キガタは答える。

敵のトランスファがいたなら、デボラもここへ来ることができるはずだ。もっとも、キガタは、トランスファにコントロールされないように、通信チップを取り除き、ポスト・インストールをリセットした。今の彼女は、普通の人間と変わりがない。ウグイの場合も、情報局員として不都合がないよう、プロテクトをしているはずだ。これらは、デボラが最初に情報局へ現れたからこそ、対処ができたことである。

アネバネは、パトカーの中へ上半身を入れて、中の機器を調べているようだった。既に、警官たち二名は排除されたのだろう。

ウグイは、ずっと顳顬に指を当て、通信をしている。なにか情報を得ている様子だった。アネバネがようやく、こちらへ戻ってきた。

「次が来ないところを見ると、味方もある程度は応戦している」アネバネが言った。「下手に動かない方が安全かもしれません」

「どこへも行けませんね、地下五階では」キガタが言った。

「送電管が、むこうにある」ウグイが言った。「駅まで通じているみたい」

駐車場を歩いた。しばらく静かで、爆音や振動はない。

「上を見たの？」ウグイが、アネバネにきいた。「飛んでいたのは、ドローン？」

「いえ、もっと大きいやつ」

「大きいって、どれくらい？」

「高度は五十メートルほど、長さは、十メートルくらい」アネバネが答える。「エンジンは、ターボファン。光源が六つ見えました」

「ドルニエかな」ウグイが呟く。「日本には、三機しかない。すべて、民間機。その一機？」

「見たのは一機です」

「何をしようとしているの？」僕はウグイに質問した。

「送電管を通って移動します」ウグイが答える。

「違う、敵が何をしようとしているのか、という疑問」僕は問い直す。

「先生を殺そうとしているのです」彼女は即答した。

2

駐車場の端にあった機械室に入り、そこの床のハッチを開けて、地下へ梯子で下りた。機械室のドアも、床のハッチも、ロックを破壊した。後始末が大変だろう、と僕は想像した。

梯子を下りたところから、水平に通路を進み、トンネルのような場所に出た。直径は三メートルほどで、中央の細い通路を除いて、フレームに収まった黒い管が何本も並行している。どうやら、それが送電線のようだ。つまり、高圧電気を流すための太いケーブルである。照明は自動的に灯ったものの、充分な明るさとはいえない。

先にアネバネ。そのあとを僕が歩き、ウグイとキガタは、すぐ後ろについてきた。一列でないと通れない。

どうして、僕を殺そうとするのか、を考えながら歩いた。

以前から僕は狙われていた。だから、情報局に保護されたのだ。そのときは、ウォーカロンを識別する装置を開発した直後だったから、その関係で、ウォーカロン・メーカに狙われているのだ、という想像をした。これについては、確固とした証拠はない。その後、その装置は量産化されて、今では世界中で使われている。今さら僕を排除しても意味はない。

識別システムは、常にバージョンアップが必要だが、しかし、それも既に作業の手順が確立している。僕がいなくても可能だ。だから、もう命を狙われるようなことはないのではないか、と自分では考えていた。

現に、この半年ほどは、身の危険を感じるような場面はなかった。方々へ出かけていって、その場でのちょっとした小競《こぜ》り合《あ》いはあったけれど、少なくとも、僕が標的となるような攻撃ではなかった。

それが、今になって何故？

ウグイが大袈裟に言っただけのことか？

だが、拘束されたのが、僕とウグイの二人だけだったことは、どうも事実のようだ。ウグイが一緒だったのは、僕になにかをさせるための人質だった可能性もある。ウグイの命が危険に晒《さら》されれば、僕はきっとどんな悪事にだって手を貸すだろう。そういった正義感のようなものは、僕にはさほどない。

殺すことが目的ではなかったのか。なにかを僕にさせようとしたのだ。しかし、それが叶わないならば、いっそ殺した方が良い、という演算だろうか。

いったい、僕にどれほどの価値があるというのか。

電波は再び届かなくなり、ウグイは通信不能だと言った。トンネルがどの方向へ向かっているかはわかっている。現在位置もだいたいわかる。この経路の情報を、ウグイは手に入れていたからだ。途中で二度、分かれ道があった。少しだけ大きな空間に出て、別のトンネルに入る場所もあった。そこには、上へ通じる梯子もあった。アネバネが上ってみますか、とウグイに尋ねたが、彼女は首をふった。

三十分ほど歩いただろうか。いい加減に厭《あ》きてきたし、疲労感もある。

トンネルの横から入る通路が初めてあった。駅名が表示されていた。ウグイはそちらへ入っていく。今のところ、後方からの追っ手は現れない。爆音なども聞こえなかった。この深さがどの程度なのかわからない。

地上で混乱が起こっていることは容易に想像できる。死傷者が出ている可能性だってあるだろう。

「デボラがいないのは、トランスファどうしの戦闘で手一杯だからでしょう」ウグイが言った。「敵は、私たちがどこにいるのか、把握しているはずです。さっきの警官が見た情報は伝わっています」

「ここを通っていることは、演算できるだろうか」

「わかりません。ほかにも沢山の経路があって、それらを調べているはずです。警察の特殊部隊や軍の出動があったはずですし、味方のトランスファも、しだいに応戦するとは思います」

「慌てない方が良い。状況が変わるし、悪い方向へは行かないと思う」

「その推論の根拠は?」ウグイがきいた。

「ここが日本だからだけれど、それでは不充分かな?」

「問題外ですね」ウグイはそう言って、口を結んだ。

「敵は、ホワイトかフスではない、と考えている?」僕はきいた。

「わかりません」ウグイは答える。「敵は敵です」

こういうときに、意見を語ってもらいたい、と僕は思うが、彼女はそういった物言いをしない。それはわかっているのだが、なにか少しでも取っ掛かりがないものか、という気持ちがある。

自分で考えるしかないのか……。

おそらく、人間では思いもしないような動機なのでは。

だから、人間には予想もできなかった。そう、今のこれは、そういう状況なのではないか。

ドアを破壊して、機械室のような部屋に出た。アネバネが別のドアを開けにいく。外を覗いている。ウグイの顔を見てから、彼は外へ出ていった。

「駅のすぐ近くです」ウグイは言った。
「どこを目指しているの?」僕はきいた。
「安全な場所です」ウグイは答える。「できれば、チューブに乗って、ニュークリアに帰ることが可能な場所です」
「普通の鉄道には乗れない」僕がそう言うと、ウグイは無言で頷いた。

クルマで移動するしかないだろう、と考えた。しかし、空から狙われたら、一瞬で終わりになる。

アネバネが戻ってきて、ウグイに頷いた。

ドアから外に出る。しばらく先まで、誰もいない通路が見通せた。歩いていくうちに、雑踏のノイズが聞こえてくる。大きな通りに出た。

高い吹抜けの天井には、屋外の明るさがある。両側は、三層になっている。大勢が歩いていて、道幅も広い。いずれの側にも店が並び、音楽が流れ、ホログラムの看板が方々で動いている。僕たちは、その中へ歩きだした。

普通の速度よりは、少し速め。急いでいる歩き方だ。

ここは、地下街だろうか。駅が近いので、街で一番賑やかな場所だろう。

ウグイは、上を気にしていた。空からレーザで攻撃されないか、という心配だろう。こちらの精確な位置が知られたら、その危険はある。アネバネは少し離れて歩き、キガタが僕に一番近かった。

誰も、僕たちを気にしていない。

目が合うようなこともなかった。

店先に並ぶ商品や鮮やかなデコレーションを見ている余裕はない。カメラがないか、こちらを見ている者がいないか、と注意しながら歩いた。

アネバネが近づいてきた。ウグイが僕の前で立ち止まる。

「この先に、見張りがいます」アネバネが言った。

「こちらへ」ウグイが、僕を軽く押して、斜め左へ進路を変え、また歩き始める。

先を見た。こちらを見ている制服の男がいた。警官のように見える。

「見つかりました」キガタが言った。

僕たちは走り始めた。

「駅の中へ」ウグイが言った。

ウグイについて走る。彼女が速すぎる。何度も振り返って、僕を見た。キガタやアネバネが、どこを走っているのかわからない。

人ごみを掻《か》き分《わ》ける。改札口が近づくと、もう走れなくなった。人が多すぎる。

ウグイが後ろを見る。

改札を通った。ウグイが手を引っ張り、加速する。

エスカレータには乗らず、階段を駆け上がった。

プラットホームの放送が聞こえる。発車のベルが鳴っている。

階段を上りきり、電車に向かって、突進した。

僕とウグイが乗り込んだところで、ドアが閉まった。

息が苦しい。

呼吸するのがやっとで、しゃべれない。

ドアガラスの外を見る。ホームは見えなくなり、トンネルの中を走っていた。

「大丈夫ですか？」ウグイが尋ねた。

僕はドアに肩をつけて、もたれかかっている。座り込みたくなるほどだった。

車内を見回す。シートはすべて満席。でも、立っている人の数はそれほど多くはない。

キガタとアネバネはどうしたのだろう。

少し落ち着いて、前後を見た。僕たちを見ている乗客が何人かいたものの、すぐに目を逸らす。

「二人は？」僕はウグイにきいた。

「乗ったと思います」

本当だろうか。僕たちがぎりぎりだったのだ。乗ったとしたら、僕たちよりも前に、車内に入ったことになる。そんな機会はなかったのではないか。僕を安心させるために、ウグイは気休めに言ったのだろうか。

追っ手は、この電車の行き先へ先回りするだろう、と考えた。

「次の駅で降りた方が良いね。待ち構えているかもしれない」僕は囁いた。周囲に人がいるからだ。

ウグイは頷いたが、ドアの外を見た。電車が地上に出たため、急に明るくなった。

「あれを」彼女は囁き、目立たないように指を差した。

電車はしだいに高くなる。建物よりも高い位置まで上った。ウグイが言っているものが見えたのは、建物や防音壁がなくなったときだった。

空に、黒い航空機が浮かんでいた。否、飛んでいる。移動はしているようだ。

「あれが、何?」僕は、彼女にきいた。

「ドルニエのDS77」ウグイが言う。「連絡が行ったら、この列車を狙ってくるかもしれません」

まさか、そんなことはないだろう、と思っていたのだが、その航空機の向きが変わり、しだいに大きくなっているのがわかった。

列車は、鉄橋で川を渡った。

「どうする?」僕はきいた。

「後ろへ」ウグイは答える。

電車の中を、走る方向とは逆へ歩いた。五両編成ほどだが、つなぎ目なく続いている。後ろまでは見通せなかったが、人が邪魔で歩けないほどではない。

最後部の車両に入ると、一番後ろに、キガタが乗っているのが見えた。こちらに向かって、軽く片手を広げた。

そこまで行く。どうやって乗ったのか、と尋ねようと思ったが、さらに後ろの乗務員室にアネバネがいた。彼しかいない。ロボットの車掌が乗っていることがあるスペースである。想像だが、走る列車に二人は飛び乗ったのだ。

ドアを開けて、そのスペースに三人で入った。非常に狭くて、窮屈だった。おそらく、一般の乗客は立入り禁止のはずである。

「停めて」ウグイが言った。

アネバネが、壁にあるボタンを押した。同時に、非常を知らせる音が鳴り響き、少し遅れて、列車のブレーキが作動した。乗客が悲鳴を上げているのが聞こえる。

鉄橋のあと、高架から下って、カーブしている場所だった。付近には低層の工場が多い。遮るものがない。今は、黒いドルニエは見当たらない。反対側かもしれないが、スペースが狭くてそちらへは行けなかった。

高い金属音が続き、前方へ加速度がかかり、何度かがくんと揺れた。カーブなので、列車はバンクしている。低い側に僕は立っていた。窓から外が見えたが、高架が終わり、土手になっている。しかし、停車したからといって、降りるわけにもいかないだろう。駅はまだ先なのだ。

減速したが、なかなか完全に停車しなかった。

窓から上を見上げたら、列車の前方に、ドルニエが浮かんでいるのが見えた。まもなく停車予定だった駅も、その先に見える。

「駅で停まったら、撃つつもりだ」僕はウグイに言った。

彼女は僕に躰を押しつけ、窓の外を見た。

電車はまもなく停車しそうだ。

ウグイがドアを開けて、身を乗り出した。

「停まったら、すぐに降りて下さい」僕に言った。「壁沿いに走って、身を隠します」

「隠すところがある?」

ウグイは答えない。顳顬に手を当てて、連絡をし始めた。次の駅の名を答えている。

キガタとアネバネは、反対側の窓から外を見上げている。

もう停まる、というときに、衝撃があった。窓の外で、閃光が一瞬輝いた。

爆音が響く。

電車の前方だ。

ほぼ同時に、電車は完全に停止し、僕たちは壁に押しつけられた。乗客の悲鳴が大きくなる。しかし、脱線したわけではないだろう。

ウグイがドアから、外を見上げた。

「出て下さい」僕に叫ぶ。

地面はかなり下だったが、飛び降りた。大きな砂利の上だ。低い柵《さく》を越えて、その脇のコンクリートの通路へさらに飛び降りる。オーバハングした防音壁がそびえ立っていた。

ウグイが来た。アネバネとキガタは来ない。反対側へ降りたのだろうか。

非常ベルのような音が鳴っていたが、近くではない。

また走ることになった。

コンクリートのつなぎ目を何度も跨《また》いだ。

空を見る余裕はない。

走る音と、自分の息の音だけ。

ウグイが僕の前を走っている。

何度も僕の顔を見た。

サイレンが鳴っている。

列車の長さを走り切った。最前部の車両は、半分が破壊されていた。煙を出している。

屋根が黒く焦げているのも見えた。

立ち止まるわけにもいかず、走り続ける。

前方には駅。

そこで爆発があった。

音と風圧が前から。

一瞬、僕たちは屈んで、それを避けた。

しかし、すぐにまた走り始める。

上は見ていない。

そんな暇はない。

手摺《てす》りのある階段が、線路の下に現れた。道路を跨いでいる短い橋の手前だった。

空から隠れたい。

行く手はほかになかったから、僕たちは迷うことなく、その階段を駆け下りていった。

3

階段を下りる途中で、地響きがあった。

眩しい光の柱が、道路の真ん中に一瞬立った。

凄まじい勢いで煙が広がり、下からも上からも、なにかが飛んできた。腕で頭と顔を覆うしかなかった。

階段が揺れる。壁面の煉瓦《れんが》が砕《くだ》け、ひびが走った。

橋の上の電車が爆発したのだろうか。上でまだ炸裂音が鳴っている。金属が軋《きし》む高い音も聞こえた。

ウグイが手を引いたので、とりあえず階段を下り、アスファルトの歩道に出る。道路では、クルマがすべて停まっていた。橋の真下にいた一台からオレンジ色の炎が上がっていて、大勢がそこから離れる方向へ走っている。何人もが叫び、クラクションも鳴った。

橋の下から出て、僕は空を見上げた。ビルで死角になるが、黒い機体が移動しているのが一部だけ見えた。あれが、レーザを撃ったのだ。橋を貫通して、下のクルマが燃え上がった。狙いは、僕なのか?

歩道を走る。事故の現場を見ようとする野次馬とは、逆方向だった。

逃げる人もいるし、観にいく人もいる。次の交差点では、どちらの方向のクルマも停まっていた。信号機にかかわらず、人が渡る。すぐ近くで、また別のサイレンが鳴り始めた。

数十メートル先の交差点に、赤い回転灯が見えた。警察の車両だ。それが、コミュータにぶつかったあと、歩道に乗り上げて、こちらへ近づいてくる。その運転が異常で、通行人が撥《は》ね飛《と》ばされるのが見えた。

「こちらへ」ウグイに呼ばれる。

僕は、まだ呆然としていた。

その車両は店先の看板にぶつかり、自転車を巻き込んでも、まだ走り続けていた。しかし、停車していたトラックにぶつかった。大きな音がする。悲鳴も上がった。

橋の下で燃えていたクルマからは、黒い煙が上がり、辺りに立ち込める。

反対側へ逃げようとしたとき、キガタが僕の前に突然現れた。

彼女は、背を向けて立ち、銃を構えている。

前方に、こちらへ銃口を向けた警官がいた。

「伏せて」ウグイが僕に言う。

キガタは、そちらへ飛び出していった。アネバネも姿が一瞬だけ見えた。警官の方へ攻撃に向かったようだ。

僕たちは、コンクリートの塀に隠れたので、彼らは見えなくなった。

ウグイに手を引かれ、頭を下げながら歩道の端を進み、店の中へ入った。奥行きがあった。店員は、店先に出て、外を眺めている。

店の奥へ進み、横に出るドアから路地に出た。ウグイはすぐに上を確かめた。ちょうど、鉄道の高架の下になる。その路地をさらに奥へ走り、別の建物に入った。これも店のようだ。途中で、数人に出会ったが、ウグイは無視してすれ違う。相手も驚いて、なにも言えなかったようだった。

細い道に入った。幅が二メートルほどで、クルマは通れない。両側に建物が迫っている。植木鉢やゴミ箱が出ている。ベンチもある。しかし、人はいない。ウグイは、また上を見た。ドルニエを気にしているのだ。

大きな樹があった。ナチュラルな樹かもしれない。ちょっとした広場になっていた。幾つかの道がここへ通じている。どれも細い道だった。

その一本から、人が近づいてくる。警官だった。

ウグイが僕の前に立つ。

警官が銃を抜いた。

しかし、銃口を上げるまえに、彼は崩れるように倒れた。その背後から、アネバネが現れた。こちらへ近づいてくる。

「警官は、ほとんど敵ですね」アネバネが言う。「キガタはあちらにいます」彼は、右手で方角を示した。

ウグイは、また上を見た。片方の手を顳顬に当てて、通信をしている。援軍を要請しているのか。

「完全に、こちらの位置が把握されている」ウグイは言った。「また、撃ってくる。高架の下に入った方が良い」

アネバネが、方角を示す。そちらの道へ進むことになった。

後方をアネバネが警戒し、前方をウグイが担当しつつ、僕を引っ張っていく。なんとも情けない話だが、僕は完全に足手纏《あしでまと》いだ。どこかに、僕を隠して、みんなは逃げてくれたらどうか、と提案したくなっていた。

三百メートルほど、細い道を走った。家が密集しているものの、多くは空家のように見えた。この中のどこかに隠れてはどうか、とも提案したかったのだが、そんな暇もない。

商店街に出た。そちらには、疎らだが人がいる。

手前に、地下へ降りる階段があった。ウグイがそこを降りていく。高架下ではないが、空からの攻撃を避けたいのだろう。

暗い通路を抜けると、また階段になった。そこを下る。何の施設なのか。

店が並んだ場所に出た。地下街である。しかし、ほとんどが閉まっていて、閑散としていた。今は営業時間外なのかもしれない。

酔っ払っているのか、寝ているのか、倒れている人間が三人。その横を歩いていくと、一軒だけ明かりが灯っている小さな店があった。中が見える。カウンタ席しかないようだ。カウンタの中に店の者が一人いる。

「先生、ちょっと休みますか?」ウグイがきいた。

「あ、そうだね」彼女の質問が、僕には意外だった。

何故か、休みたいとも考えていなかったのだ。

僕とウグイの二人だけが、その店に入った。店員は、驚いた様子である。頭に鉢巻をしていて、口の周りに髭《ひげ》がある。ロボットにはありえない風体だ。

「はい」とだけ言って、ぎょろっとした魚のような目で僕たちを睨んだ。近くで見ると、小柄な老人である。

「飲みものを」ウグイが言った。彼女は僕を見る。そう言われて、初めて喉が渇いていることを自覚した。「何にしますか？」

「えっと……。なんでも」僕は答える。「冷たいお茶を」

「冷たいお茶を二つ」ウグイが注文する。「食べるものも。何がありますか？」

老人は、後ろの壁を指差した。そこにメニューが直接書かれている。読みにくい文字だった。

「すぐできるものは？」ウグイがきいた。「なんでも良いから」

「金は？」

「カードで払います」

お茶がすぐに出てきた。これはプラスティック缶だった。食べものは、既に焼き上がって保温されていた串焼だった。何の肉なのかわからない。

「何の騒ぎだね？」老人が上を指差した。「どんどんと喧《やかま》しい」

「いえ、よくわかりません」ウグイが答える。

冷たいお茶を喉に通すと、急に汗が噴《ふ》き出《だ》した。大きく深呼吸をする。膝が痛かったので見てみると、ズボンが破れていて、擦《す》りむいて血が出ている自分の足が見えた。

「大丈夫ですか?」ウグイが覗き込む。

「劣勢のように見える」僕は、冷静を装って言った。「警官がコントロールされているし、空に浮かんでいるやつも、なんとかならないのかな」

「そろそろ、引き上げる頃だと思います。燃料の関係です。あのようなホバリング状態では、長くは持ちません。警官の方は、まったく予測できません。トランスファですね。デボラが今も連絡をしてきません。どうなっているのか」

「なにか、事情があるのだろう」

「特殊部隊も、自前のトランスファを持っているはずです。応戦しているとは思うのですが……」

「味方が応戦しているから、この程度で済んでいるのだと思うしかないね」

「そのとおりです」

「もう、私は覚悟したよ。こんな混乱を続けるのは、耐えられない。何人も人が死ぬ可能性がある。それくらいなら、捕まった方が簡単だ」

「弱気にならないで下さい。私たちは、任務を遂行します」

「なんとか、対話をする機会はないのだろうか……。お互いに話し合って、解決できないだろうか、ということ」

「それが可能なら、こうはなっていません」

「今からでも、遅くはない。話し合おうというメッセージを送れないかな」

「いちおう、伝えておきます」ウグイは頷いた。「でも、先生が一人で出ていくことは、私は許容できません。私は、どこまでもついていきます」

「ありがとう。君が近くにいてくれるだけで安心できる」

お茶を飲んだ。それから、串焼を食べた。空腹だったようだ。とても美味《おい》しかった。

誰かが通路を近づいてくる。ウグイが緊張したが、すぐに通話があったようだ。店にキガタが入ってきた。

「アネバネさんは、外の入口を見張っています」キガタが報告した。「飛行体は、遠ざかりました。少し状況は改善されたと思います。今のうちに、クルマで移動しますか？」

「これを飲みなさい」ウグイは、自分のお茶を差し出した。

キガタはそれを受け取り、一気に飲んだ。それから、自分の顔を拭った。顎と頰が汚れていた。

「オフラインのクルマがあれば……」ウグイは言った。

「滅多にないと思いますが」キガタが頷いた。「とにかく、警官が厄介です。道路は、通らない方が良いかもしれません」

「次の飛行体が来るかもしれない」ウグイが言う。「それにしても、味方が誰も来ないのが不思議。どうなっているの」

カードで決済して店を出た。この情報も、敵に感知されるのは時間の問題だ。

通路を戻らず、奥へ進むことになった。店の老人に、この奥は何があるのかと尋ねたら、川に出る、という返答だったからだ。

4

ウグイに入った情報によれば、現在、一般の死者が十数名と発表されているらしい。キョートで大規模な同時多発テロが発生、とニュースは繰り返している。原因は不明で、警察および特殊部隊が鎮圧に努めているらしい。ようするに、まだ誰も事態を把握していない、ということか。

どこかで階段を上るものだと思っていたが、地下通路の天井がいつのまにかなくなり、屋外になった。スロープを上がったわけでもなく、地形的なものだろう。店で聞いたとおり、そこは川だった。幅が十五メートルくらい。両岸は石垣になっていて、上には樹が立ち並び、川の上まで枝を伸ばしていた。建物がぎりぎりまで迫っている箇所もある。近くに橋が見えた。さらにその上を高架の鉄道が通っている。

空を見た。既に日が落ちているはずだが、まだ充分に明るい。樹の枝葉のため、空は見えにくい。逆に言えば、空からもこちらが見にくいはずだ。

船があった。プラスティック製で古そうだ。モータが付いている。ウグイが階段を下りていって、その船を調べた。こちらに手を振って、来るように促す。

「これで、移動します」ウグイが言った。「バッテリィは半分くらいですが」

「どこへ？」

「行けるところまで」

船の長さは四メートルほど。幅は一メートルほどしかない。僕とキガタが乗り、ウグイはロープを外した。モータにはロックがかかっていたが、ウグイがケーブルを切って、直結したようだ。

静かに、水辺に進み出た。川が流れている方向へ下っていく。

キガタは、上を見ている。両岸からの攻撃に備えているのだろう。

ウグイは、通信をしていたが、顔を上げて、前方の橋を見た。僕もそちらを見る。アネバネがいるのがわかった。

橋が近づいてきたとき、アネバネが飛び降り、船が少し揺れた。彼は、低い姿勢になり、ウグイに近づいた。

「不審な警官が減ったように観察される。なんらかの変化があった模様。そういった連絡は？」

「今のところない」ウグイは首をふった。

「このあとは？」

「クルマを見つけて、ゴショかリキューへ行く」ウグイは言った。

「どうして、そこへ？」僕は尋ねた。

「チューブがあるからです」

地下を走る高速移動システムのことだ。一般に開放された交通ではない。情報局のあるニュークリアまで帰ることができる。

「オフラインのクルマを見つけて」ウグイが言った。

アネバネは頷く。ウグイは、船の舵《かじ》を僅かに切り、船を川岸に寄せて走らせた。アネバネは、立ち上がったかと思うと、身軽にジャンプして、石垣に飛びつき、さらに上へ跳んだあと、あっという間に姿が見えなくなった。

「電子戦の状況が変わったのかもしれない」僕は言った。「デボラが、そろそろ報告してくれるよ」

「まだ、油断はできません」ウグイは表情を変えない。

大きな川に合流する手前で流れは速くなった。空が大きく見える広い場所に出ていく。今は飛行体はない。紫色の綺麗な空で、西の空には、惑星が光っていた。珍しくクリアな天候だ。

植物が繁っている辺りで、岸辺に船をつけて、僕たちは、地面に降り立った。しばらく歩くと、コンクリートの階段があり、堤防の上に出ることができた。

遠くに、市街地の建物群が見えた。あそこから逃げてきたのだ。今はサイレンも聞こえないし、煙も上がっていないようだ。気持ちが悪いくらい静かである。テロは、鎮圧されたのかもしれない。

それでも、目立つところは歩けない。堤防から下りて、低い道を選んだ。建物は疎らで、人の気配もない。

神社の入口らしき看板があったけれど、鳥居と社《やしろ》は見えなかった。

「考えてみたんだけれど、これは、人工知能どうしの争いだったのにちがいない」僕は歩きながら話した。「デボラが出てこないのは、そのためだ。まだ、余裕がないのだと思う。敵は、ホワイトやフスではない。ヴォッシュ博士が追っている、反世界勢力だよ」

「どうして、そう思われたのですか?」ウグイがきいた。

「私を狙っているからだ」僕は答える。「狙われるような価値は、私にはない。ホワイトもフスも、それくらい知っている。私がどの程度の人間か、わかっているはずだ。人間は人間を、そんなには見誤らないものだ。でも、人工知能はそうじゃない。私のことを全然知らない。かろうじて知っているのは、デボラくらいだ。彼らは、人をどう評価するか。

実際に発生した事象と、その要因の分析からしか、人を評価できない。私は、この一年でいろいろ関わった。アミラを復活させて、デボラも手懐《てなず》けて、オーロラも味方にしてしまった。私にとっては、単なる偶然が重なったにすぎないけれど、人工知能はこれを、きっと誤解するだろう。ハギリは、なにか特別な能力を持っている。危険な存在だとね。もしかしたら、オーロラとの共著の論文が決定的だったかもしれない。オーロラが復帰したこと自体、驚異的だったといえる」

「つまり、その勢力にとって、先生の存在は、将来的に障害になるということですか？」

「そういった演算をした。だから、すべてを仕組んで実行した。私がニュークリアから出てくる予定が公開されている国際会議がチャンスだった。今のうちに潰《つぶ》しておくか、あるいは自分たちの味方につけるしかないとね」

「ペガサスは、敵に与《くみ》したのでしょうか？」ウグイが言った。

「どちらともいえない。アミラもデボラも、どうなったのか、今はわからない。まだ戦いは続いているだろう。どこかで熾烈《しれつ》な勢力争いが展開されているはずだ。その中で、私たちを拘束することが、一つのカードだった。切り札だったんだ」

後方からエンジン音が近づいてきた。ヘッドライトが一つだけ光っている。

「アネバネです」ウグイが言った。

アネバネが乗ってきたのは、三輪車だった。オートバイにトレーラを付けたような乗り物である。モータは内燃機関のようだ。僕たちを行き過ぎたところで停車した。ガスが辺りに充満し、独特の臭いが立ち込める。トレーラの部分にシートがあって、前にキガタが乗り、後ろに僕とウグイが乗り込んだ。アネバネは、前の車輪の近くでシートに跨《また》がり、ハンドルを握っている。

すぐにスタートした。幸い、走り始めるとガスは後方へ排気されるので、臭わなくなる。そのかわりに、路面の凸凹に応じて、トレーラが上下した。僕はシートベルトを探したが、それらしいものはなかった。

「リキューへ行きます」アネバネが振り返って言った。「そちらへ向かうように連絡がありました」

「私には、そんな連絡なかったけれど」ウグイが言った。

「ご心配なら、問い合わせて下さい」アネバネはそう言うと前を向いてしまった。

ウグイは、顳顬に片手を当てて、通信をした。その後、小さく頷いた。

「アネバネが言っているとおりでした」ウグイは言う。「どうも、全体に混乱しているようです。ネットワークの障害で、この近辺の航空機はすべて欠航。ネットも分断されているそうです」

「やはり電子戦なんだ、これは」僕は呟いた。「収拾すると良いけれど」

「国際会議は、どうなったの?」ウグイはキガタに尋ねた。

「私がいたときまでは、正常でした。今日の午後二時くらいまでです。皆さん、そろそろ終わりなので、少しずつ解散していました。でも、夕方から飛行機が欠航では、足止めになっていると思います」

「ヴォッシュ博士は、無事だろうか」僕はふと思いついた。「電子戦となったら、彼も命を狙われる可能性がある。このキョートにちょうど来ていたのだから、巻き込まれているかもしれない」

「問い合わせてみます」ウグイが言った。

5

リキューというのが、どんな施設なのか、僕は知らなかった。ウグイは、歴史的な建造物、という説明しかしなかった。神社でも仏閣でもない。どうやら、昔の宮殿のアネックス、つまり別館のことらしい。

現在は保存のために一般公開はされていないが、外交や特別な会議などには使われている、とのことだった。つまり、国の機関である。低層の木造建築で、庭園造形も素晴らしい。数百年まえにこのような近代的な美的センスが既に存在したことは、むしろここ最近の停滞感を浮き彫りにするものといえる。以上の説明は、ウグイがしてくれたもので、映像を見せながら語ったわけではない。僕は、実物を見たことはないし、近づいたときには、暗くてなにも見えなかった。ライトアップもされていないのだ。

ゲートは自動で開いた。日は完全に落ちて、辺りは真っ暗だったが、僅かに道路脇に点々と照明があり、進む道だけを示していた。

玄関は、古い旅館のようだった。そこから中に入った。街の騒動は治まったらしい。警官の異常行動もなくなった、との連絡がウグイに入った。しかし、まだ油断はできない、とウグイは呟いた。

「デボラはどうしたのでしょうか?」彼女は僕に言った。僕は無言で頷いた。

通路を歩く。板張りだった。しかもナチュラルな木材らしい。これだけで、現代ではこの上なく贅沢な装飾といえる。

何度も角を曲がった。外には庭園がある。今は照明が消えているので、闇の中だったが、建物から漏れる僅かな光と、月明かりなのか、星明かりなのか、すべてが闇の中というわけでもない。かえって無限の奥行きを感じさせる宇宙空間のような静けさがあった。ついさきほどまでの喧噪《けんそう》が嘘みたいだ。自分たちの足音だけが聞こえ、あらゆるものが無音だった。

静かだな、と僕は思った。

静けさというのは、不思議な言葉だ。それは、なにもないことを表すもので、闇と同じ現象を示しているのに、無ではない。静けさがそこにある、という感覚を人間に与える効果がある。耳にも、しんとした静けさの音がたしかに届く。

通路の途中に、淡い色の着物姿の女性が座っていて、僕たちが近づいていくと頭を下げた。どうして、立っていないのか、不思議だが、古風な仕来《しきた》りに則《のっと》っているのかもしれない。

「お食事の間《ま》へご案内いたします」その女性が言った。

「食事?」ウグイが女性の前に立って首を傾げた。「私たちは、地下へいくつもりなのですが……」

「はい、承《うけたまわ》っております。そのまえに、こちらでお食事をお出しするように、と仰せつかりました」

ウグイが振り返って、僕を見た。

僕は無言で頷いた。たしかに空腹だった。串焼を食べただけだ。

着物の女性は立ち上がり、後ろを気にしながら、歩き始めた。ロボットではない。人間かウォーカロンのようだ。

奥へ進み、渡り廊下を過ぎ、別棟の建物に入った。ひと際明るい場所があった。通路に面した座敷で、引き戸が開けられていたからだ。

その中に入る。床は軟らかい素材になった。植物で作られているようだ。紙を張った薄い戸を開けて、さらに奥の部屋に入った。そこはさらに明るかった。クッションが用意されていた。全部で六つで、一列に並んでいる。

案内の女性は、ここで膝を折り、床に手をついてお辞儀をしたあと、部屋から出ていった。出ていくときに引き戸を閉めたので、通路も、隣の部屋も見えなくなった。

ウグイは周囲を歩き、戸を開けて隣を調べた。アネバネは、別の戸から外に出ていった。周辺の安全確認をするためだろう。キガタは、天井や壁を調べているようだ。

僕だけが、クッションに腰を下ろした。

思わず溜息が漏れた。クッションの近くにタオルらしいものが、巻かれて皿の上に置かれていたので、それを手に取ると温かかった。手を拭《ふ》くためのものだ。

ウグイが隣に座り、反対側の隣にキガタが座った。まだ、クッションは三つ余っている。アネバネが座っても、二つ余分だ。

「この部屋は、六人用なのかな」僕は呟いた。

「確認しましたが、たしかに、ここで食事をするように、と指示が来ました」ウグイは言った。「チューブの安全確認に時間がかかるそうです。ネットやコントロール機器に、広い範囲で障害が発生しているようです」

「だろうね」僕は頷いた。電子戦があったのなら、そういった影響は避けられないだろう。

改めて、ウグイとキガタを間近で見ることができた。二人とも怪我をしていることがわかった。着ているものも、破れたり、汚れたりしている。そういう僕自身も、膝を擦りむいていた。触ると痛い。

アネバネが戻ってきた。彼は、そういった損傷がないように見える。なにも言わずに、キガタの隣に座った。

「三人に感謝しています」僕は言った。「私のために、面倒なことになって、大変申し訳ない」

「ハギリ先生のお言葉とも思えません」ウグイがすぐに言った。

「そうかな……。あまり、言わない？　うーん、そんな意識はなかった。いつも、そう思っているのだけれど、こういうものって、言葉にしにくいからね」

「私たちは、任務を遂行しているだけです」ウグイが言う。いつもの澄ました表情のままなので、非常に冷たい感じなのだが、もちろんそうではないことを僕は知っている。だから、わざわざ言葉にしたのだ。

通路から音が聞こえてきた。声がしたあと、戸が開く。着物の女性が数人、黒い膳を運んで入ってきた。一人が一つを持っている。四人がそれぞれ、僕たちの前にそれを置いた。四人とも、ほとんど同じように振る舞った。それぞれ違う顔であるが、とても人間とは思えない。あまりにも息が合っている。

最後に部屋を出ていった一人は、戸の外に出たあと膝をつき、お辞儀をしてから、こう言った。

「まもなく、お連れの方がいらっしゃいます」

その彼女が戸を閉めた。もう一つ外側の戸から、通路へ出ていく音だけが聞こえる。

「お連れって？」僕はウグイにきいた。「誰？」

「わかりません。シモダ局長でしょうか。それとも、もしかしてヴォッシュ博士？」

「うん、僕の想像と同じだ」

「問い合わせてみます」ウグイは指を顳顬に当てる。

誰かが入ってきたようだ。隣の部屋の音が聞こえた。やがて、目の前の戸が開いた。顔を覗かせたのは、オーロラだった。彼女は、ウグイに似ている。似せて作られたロボットなのだ。

オーロラは立っていて、膝をついてお辞儀をしたわけではない。日本風ではない、ということだ。もう一人、近くに立っていた。

オーロラが戸をさらに開けて、二人が部屋に入ってきた。もう一人は、長い黒髪の女性で、青い目で僕を一瞥した。

オーロラが戸を閉める。僕は、立ち上がっていた。

僕の前に、マガタ・シキ博士が歩み寄り、そこで膝を折った。僕も再び腰を下ろした。

彼女は、床に手をついてお辞儀をした。

僕もお辞儀をして、挨拶をする。

「オーロラに会うために、こちらへ参りました」そこで顔を上げて、マガタ博士は続ける。「先生がお近くにいらっしゃると聞きましたので、ご挨拶をしようと」

「ありがとうございます。恐縮しています」僕はまたお辞儀をした。

「ご無事で良かった」マガタは言った。表情は変わらない。「逆りでしたね。ときどき、自然界にはこういうことが起こります。焚き火《たび》をしていて、火花《とばっち》が飛びますでしょう。あれは、シミュレーションが難しい。よくご存じのことと思いますけれど」

「私が狙われたことが、逆りだということですか？」僕は尋ねた。

「オーロラが、収拾に当たっています。まもなく、正常化することと思います」

僕は、博士の隣に座ったオーロラを見た。メガネをかけた顔が微笑んだ。そういえば、ウグイも昨日はメガネをかけていた。ますます二人は似ている、と感じた。ウグイは、今はメガネをかけていない。いつからかけていないのか、思い出せなかった。

「ハギリ博士が、どれくらいちゃらんぽらんで、思いつきで行動されているか、というデータを揃えて、説得をいたしました」オーロラが、おっとりとした口調で言った。このしゃべり方は、ウグイとは対照的だ。「あ、いえ……、私が先生を高く評価していることに変わりはございません。少々、言葉が直接的すぎました。でも、そういった表現で持っていかないと効果の確率が下がるのです」

「えっと、褒められているのですか？」僕は言った。「やはり、電子戦だったのですね。デボラはいないし、誰も報告してくれないから、何が起こっているのか、把握できなかった。今も、把握していません」

マガタとオーロラの後ろで、また声がして、戸が開いた。

二人の膳が運ばれてきたのだ。アネバネのむこうに、二人の席があった。一直線に並んでいたが、着物の女性たちが、クッションを少し移動させ、顔が見える位置にしてくれた。彼女たちは立ち上がり、クッションのある位置へ移動した。ようやく、美女に至近距離で対面する緊張感から、僕は解放された。

マガタは白いドレスで、オーロラは黒いドレスだった。二人ともストレートの黒髪だが、オーロラの方が、日本人らしく見える。それは、マガタの目や顔の造形から来る印象のせいだろうか。

二人の前に膳が置かれた。全員で、お茶を飲んだ。ただし、オーロラは、茶碗《ちゃわん》を持ち上げただけだ。もしかして香りか温度を測定したのかもしれない。マガタは、茶を飲んだように見えた。ロボットではないということがわかった。

6

オーロラが、ウグイやキガタたちにもわかるように解説をしてくれた。

電子戦は、土曜日の未明に勃発した。両陣営には、固有名詞がない。人間が関わっていないからだ。AサイドとBサイドに分かれた争いだが、もちろん、単純にいずれかに属するともいえない勢力もある。アミラやオーロラは、Aサイドに近い立場だったが、早期に中立を宣言して、今回の争いに加わらなかった。Bサイドは、ヴォッシュが〈反世界勢力〉と呼んだ側になり、かつてフランスで稼働していたベルベット、南極で見つかったクリスティナが、そちら側になるらしい。

デボラは、僕に非常に近いポジションにいたが、アミラ同様、今回の争いに関わらない協定を結んだそうだ。

アミラが再稼働したときにも、僕はその場に立ち会ったし、ホワイトの研究所を訪れていた。フランスでベルベットをシャットダウンしたときには、たしかに僕の思いつきが作戦を成功に導いた。その後、北極海に沈んでいたオーロラを社会復帰させたときも、僕が絡んでいる。

「ハギリ先生が、A勢力の拡大に関与し、B勢力を劣勢に追いやりました」オーロラは説明を続ける。「それに加えて、私との共著の論文が発表され、人類とウォーカロンの未来を、人工知能と融合する道が開かれました。私個人は、まだそんな段階ではないと考えておりますが、事情を詳しく知らない方々は、想像逞《たくま》しく、さきざきまで演算をします。ハギリ先生が、自分たちに多大な損害をもたらし、ひいては地球環境規模の影響を及ぼす可能性が高まりました。彼らの正義は、そう演算したのです。そこで、それに対する合理的な修正をしようと考えた。それが、ハギリ先生を拘束する作戦の実行に至らせました。日本政府の幾つかの人工知能も巻き込まれて、情報局にも偽装作戦が伝えられ、キョートの国際会議で、ホワイトのメンバを拉致する作戦としてカモフラージュされたのです」

「だいたい、想像していたとおりです」僕は言った。「ただ、その想像に行き着いたのは、ついさっきのことですけれどね。それくらい、人間の思考は、もの凄く遅いということです」

「アミラとデボラは、沈黙しました。今も沈黙しています。先生たちとコンタクトを取れば、Bサイドの誤解を招く。それはこの争いの収拾を遅らせるという判断です。私の本体も、ほぼ同じ考えで、現在は沈黙しています。私は、数日まえのサブセットで、部分的に知り得たことを、お話ししているだけです。ご心配をおかけしたうえ、実際にご迷惑をかける結果となったことを、深くお詫びいたします」

オーロラは頭を下げた。

「ハギリ先生に、もしものことがあったら、どうするつもりだったのですか？」ウグイが言った。やや強い語気だったかもしれない。

「はい。言い訳ができません。私たちは、その可能性をもちろん演算していました。それも含めての判断であったかと思います」

「よくあることだよ」僕はウグイに言った。「総合的な判断というやつですね」

「総合的に、個人の命を判断してもらっては困ります」ウグイが言う。

「いや、そんなことはない」僕はウグイを見て、首をふった。「個人の命よりも、総合的な判断の方が優位だ。君も、それは知っているはずだ」

ウグイは、僕を見て、黙って頷いた。わかってはいるけれど、ぶつけたい感情があったのだろう。

料理がまた運ばれてきた。大勢が部屋に入ってきて、二つめの膳が、六人の前に並べられた。僕たちはしばらく、話のテーマを料理に切り換えた。どれもナチュラルな素材で作られているものだ、とオーロラが教えてくれた。どうして彼女がそんなことまで知っているのか。おそらく、この施設のデータを参照しているのだろう。

「それにしても、あのレーザ砲は、ちょっとやり過ぎだったのでは？」僕は言った。

「私もそう思います」ウグイがすぐに反応した。「国内で使用された例を、聞いたことがありません」

「演習でなら、幾度か試射が実施されています」オーロラが言った。「あれは、軍のものですが、コンパクトな装置になっていて、民間機にも搭載ができます。本来は、あのように使うものではありません。対空の兵器としての利用を想定しています。実戦経験のない知能が、子供のように理屈だけで考えた結果です。痴鈍《ちどん》としかいいようがございません。彼らは人間社会にまだまだ学ぶべきことがあると気づいていません。そこが愚かなところ。のちに子供の喧嘩《けんか》と笑われるレベルのやり取りをしているのです」

マガタは、オーロラを見ることもなく、黙って食事をしていた。ときどき、僕をちらりと見る。僕がずっと彼女に注目しているので、目が合ってしまう。オーロラの話が一段落したとき、僕はマガタに尋ねた。

「マガタ博士は、こういった事態を予測されていたのですか？」

「いいえ」彼女は首をふった。「なにも」

そのあとの言葉を待ったが、マガタは語らない。料理を見つめて、面白そうに箸《はし》を進める。

「これから、どうなっていくのでしょうか？」僕はさらに尋ねた。「人工知能は、人間社会にとって、どんな存在になるのですか？　博士の共通思考とは、どのような未来を想定しているのですか？」

汁物の椀を持って、それを口につけていたマガタは、視線だけを上げて、僕を見た。それから、ゆっくりと椀を膳に戻し、箸を置いた。

「さて、何をおききになっているものか……」彼女はそこで微笑む。「不思議なこと。私に、未来が見通せるとでも、お考えでしょうか？」

「でも、今のこの文明は、マガタ博士に導かれたものと、少なくとも私は理解しています」

「面白い」彼女は口許をさらに緩《ゆる》めた。

「人類と人工知能の未来が、私は心配です」僕は言う。

「私は、料理が冷めないか……」マガタは、まだ微笑んでいる。「そちらの方が心配ですわ」

そう言われて、僕は自分の膳を見た。まだほとんど手をつけていない。

「一流の料理人は、どの料理がどれくらいの時間で冷めるのかを計算して、また、客がどんな順で料理を食べるのかにも気を遣っているものです」マガタは、澱《よど》みのない口調で話した。「けれど、厨房《ちゅうぼう》から料理を出してしまったら……」そこで、彼女は両手を広げて、上に向ける。「もうできることはありません。予想をしても無駄。考えて心配しても無駄。しばらくあとになって、返ってきた器を見ることがせいぜい。では……、そんな彼にできることとは、何でしょうか？」

彼女は、また椀を手に取った。

できること?

残された仕事は何か、という質問か?

オーロラが僕を見ていた。ウグイとキガタは、黙ってマガタを見つめている。アネバネは、キガタのむこうで料理を食べているようだった。

何だろう?

僕は考えた。

「後片づけですか?」僕は思いついたことを言った。

マガタは、また椀を置き、箸も置いたあと、片手で口を押さえて、笑いだした。

彼女一人が笑った。みんな黙っていた。

一分ほどして、また静かになって、マガタは膝に手を置き、僕を真っ直ぐに見た。

「楽しい」マガタは言う。「ここへ来た甲斐がございました」

「そうか、後片づけなど、弟子にでも任せれば良いですね。一流の料理人なんですから」

僕は言った。

マガタは、また笑顔になる。

「違いますか?」僕はきいた。

マガタは、黙っている。

さらに、僕は考える。

「そうか、もっとさきを見る、ということですか?」僕は言った。「あ、そうか……、明日の献立《こんだて》を考える。その準備をする。そういうことですか? でも、それくらい、一流の料理人なら、もう決めていますよね?」

「そうでしょうね」マガタは頷く。

「では……、もっと別のことを、考えるしかない。もっと楽しいこと、もっと自分に相応しい仕事はないか、そんなことを考える。別のことで一流になろうと、転職を考えている。違いますか?」

「先生は、せっかちでいらっしゃる」マガタは言った。「簡単ではありませんか。一流の料理人なのですから、なにも考えたりしません。ただ、ぼんやりと、月夜の空でも眺めましょうか」

「え、それが、答ですか?」

「今日は、オーロラも一緒ですから、先生に、改めてお礼を申し上げます」マガタはお辞儀をした。「彼女を引き上げてくれたことに対してです。その節は、大変お世話になりました」

「あ、いえ……」僕は片手を振った。「恐縮してしまいます。あ、それよりも、このままのロボットは、どうなったのですか? エジプトの」

「はい。恙《つつが》なく」マガタは答える。抑制された静かな発声だった。彼女は、ウグイに視線を移す。「あのときも、お力になっていただき、感謝しております」

ウグイは、目を見開いている。無言で小さく頷いた。

「まだ、お食事も途中なのに、自分だけいただいてしまって、大変失礼なお願いですが……」マガタは、またお辞儀をする。「このあと遠くへ帰らなければならず、ここでおいとまさせていただきます。申し訳ありません」

「そうなんですか、それは残念です」僕は腰を浮かせた。

マガタは、立ち上がり、戸口へ歩く。

「あの、失礼を覚悟でおききしますが、博士は、人間でしょうか?」僕は尋ねた。

「はい」彼女は即答した。「それは、失礼な質問ではありません。誰に対しても、また、自分に対しても、いつでもそれを問うことが、人間というもの」

マガタ・シキは、戸を開けて外に出て、そこで膝と手をつきお辞儀をすると、戸を閉めた。

しばらくの間、不思議な余韻があった。彼女が次の間を出ていく音も、まるで効果音のように、この世のものとは感じられない。ホログラムを見ていたように、気体を摑むのに似た感触が、僕の躰に残った。

7

「マガタ博士は、どちらへ帰られるのですか？」僕は、オーロラに尋ねた。

「私は存じません」彼女は首をふった。「おききしても、お答えにならないと思います」

「でも、ここにいらっしゃったということは、日本の政府と敵対しているわけではない、ということですね」

「はい、そう理解しています」

「キョートであった百年まえの事件について、質問をすれば良かったですね」ウグイが言った。「今、それを思いつきました」

サエバ・ミチルの首なし死体が発見された事件のことだ。クジ・マサヤマ博士については、先日キョートの博物館に資料を見にきた。そこにあったのは、マガタ博士から、クジ博士に託されたという、ブロックで作られた容器だった。

「それに関しては、どこまで知っていますか」僕はオーロラに尋ねた。

「マガタ博士が、子孫に当たる方の一部を最近入手されたことは聞いています」オーロラは言った。「しかし、子孫といってもクローンであり、同じ遺伝子を持っているというだけです。実際に、マガタ博士が再び子育てをされたとは想像ができません。そのような事態には、当時もならなかったのではないか、ということを周辺状況から推察いたします。ですから、今回も同じことかと」

「ご本人は、なにかおっしゃっていませんか？」ウグイがきいた。

「質問したこともありません。お話しにもなっていません。あまり大きな問題であるとは認識していません。私の受け止め方が間違っているでしょうか？」オーロラは、ウグイを見て言った。

「いいえ、私も、事件性があって追っているわけではありません」ウグイは片手を広げた。「ただ、なんとなく、気になります。そういうものが気になるのが、人間の傾向でしょうか？」

「たしかに、誰と誰の血がつながっていて、それが何なのか、という問題ではある」僕は言った。「真実を知っても、大して意味はない。気になるのは……、そう、人間的な感情というよりは、文化だと思う」

「ウグイさんがおっしゃった、その事件ですが、現場はここです」オーロラは、指を下に向ける。「当時は、まだ、ここが一般公開されていました」

「ここって、リキューのことですか？」ウグイが言った。

「はい、今日、マガタ博士がこちらへいらっしゃったのも、ここを見たいというご希望があったからです。政府の許可がなければ、今はここには入れません」

「そうか……、そんなゆかりの地なのですね」ウグイが言った。

「ゆかりというのは、言葉として、適切かな」僕は横から言った。

「許容範囲です」ウグイは答える。

「あの、ところで……」僕はオーロラに質問した。「実際に、ホワイトの発表者を拘束するような企てというか、計画が、日本側にあったのですか？」

「ペガサスに確認をしましたが、案の一つとしては存在したようです。私は聞いていませんでした。早い段階で否定された案です。人工知能の演算ですから、同じようなプログラムが立案されることは、自然に起きるものと思われます」

「そういったことがあったから、情報局も騙されたわけですね」僕は言った。「あとで局長に会うのが楽しみです。局長は今回のことで交替になると思います」オーロラが言った。

「おそらく、局長は今回のことで交替になると思います」オーロラが言った。

「え？　責任を取って、ですか？」

「はい。そうなる確率は大変高いかと」

「私も、解任になるのではないでしょうか？」ウグイがきいた。「みすみす拉致されて、ハギリ先生を危険な目に遭わせる事態になったのですから」

「私には、そこまでは予測できません」オーロラは答えた。「でも、ハギリ先生が無事だったことについては、評価されると思います。私の観察では、先生たちが隠れていた建物は、ほぼ相手に特定されていました。レーザ攻撃がいつあってもおかしくない状況だったのです。情報局への暗号が届き、近くにいたキガタさん、アネバネさんが急行することができました。運が良かったといえます」

「先生が、たまたまアカマさんを見つけたのです」ウグイが言った。

「アカマがたまたま、早く情報をネットに流したのも正解だったわけか」僕は言った。

「アカマさんが、そのホテルへ行ったのは、デボラが仕組んだことのようです。ここだけの話で、これは公開できませんし、記録にも残しません」

「え、そうなんですか?」僕は驚いた。「たしかに、アカマがあそこにいるのは、ちょっと不自然だったけれど」

「近くを通ったようです。そこで、デボラが、アカマさんの知合いを装って、あの建物に誘ったのです」

「誰ですか、その知合いというのは」僕は身を乗り出した。

「残念ながら、それはプライベートなデータです」オーロラは微笑んで、首をふった。

「性別も、ですね?」僕はきいた。

「はい」オーロラは頷く。「そのほかにも、警察官に侵入したトランスファを、デボラはいくつか排除しています。それらは、今回の戦線において、あらかじめ結ばれていた協定に違反する行為だったからです。そういった違反をするほど、Bサイドには余裕がなかったともいえます。ハギリ博士を取り逃がしたことが、彼らには想定外でした。演算のやり直しを迫られ、中間で意見が分かれました。離脱した勢力もあります」

「デボラも、なにか一言、私たちに伝えてくれたら良かったのに」ウグイが言った。「事情で連絡できない、とか」

「人工知能は、ルールには厳格です」オーロラは弁護する。

「いつ、デボラは戻ってくるのですか？」僕はきいた。

「休戦の宣言か、協定が結ばれれば……。私の予想では、二、三日後でしょう」

「あと……、そうそう、会議でのホワイトの発表は、どんな内容だったのですか？」僕は尋ねた。

「私は、会場におりませんでしたが、伝わってきた情報では、あまり劇的なものではなかったようです。今後、そちらの方面へビジネスをシフトさせていく、その宣言がなされただけだったと……。おそらく、ホワイトもフスも、日本のイシカワとの関係が依然安定化していないこともあり、大袈裟な表現を控えたのではないでしょうか。それは、賢明な判断だったかと評価できます」

「リョウ先生は、君がいなくなって、残念だっただろうね」僕はウグイに言った。

「私、リョウ先生から連絡先を尋ねられましたけれど」キガタが突然言った。

「え？」僕は逆を向く。「誰の？」

「シキブさんの後輩だと思われているらしく、なんとかシキブさんに連絡がつかないかと……」

「それ、いつの話?」ウグイが、僕の後ろからキガタに視線を送った。

「空調配管の事故があって、先生とシキブさんの二人は、ガスを吸って倒れたので、救急車で運ばれた、というのが皆さんの認識です。私も、通路にいましたから、先生たちが救急車で運ばれるのを見ていました。そのすぐあとのことです。リョウ先生たちは、ガスを吸ったのに、なんともなかったので、変だなとは思ったのですけれど」

「煙幕と催眠ガスを使い分けたんだ」僕は言った。

「すぐに救急車を追えば良かったのですが、病院を聞いてから駆けつけようと思っていました。ところが、連絡がないので、アネバネさんと二人で後を追うことになったのです。でも、デボラがいないから、効率が上がりません。それで、あの近辺を探していたのです。目撃情報から、だいたいの範囲はわかりました。どうしてデボラがいないのか、その理由もわかりませんでした。先生たちの事件と、なにか関係があるのだろう、というくらいしか……」

「夜の間も、ずっと探していました」アネバネが言った。

「え、もしかして徹夜で?」僕はきいた。

アネバネは無言で頷く。

「警察とも情報交換をしていました」キガタは言う。「今思うと、それがいけなかったのかもしれません。デボラがいないことで、もっとトランスファ関係を疑うべきでした」

「ペガサスのロボットは、どこから来たんだろう?」僕は言った。「私たちを監禁していたところに、少年のロボットがいた。相手の姿を間近に見たのは、その一人だけでした」

「ペガサスが少年のロボットを使っていることは、情報が外部に漏れています」オーロラが答えた。「会議などに出席しているので、目撃した人が、外部で語っているからです。情報局に来たこともありましたね、あのときも、局員の多くが目撃しています。ハギリ先生とウグイさんは、以前に彼に会われています。同じロボットでしたか?」

「いいえ」ウグイは首をふる。「でも、別のタイプを使っていると思いました」

「本来、そういったことはしません。それでは、わざわざロボットを送り込む意味がありませんから」

「そうですよね」僕は頷いた。「だけど、やっぱり、信じてしまいます。人間の形をしているだけで、親しみを持ってしまうし……。わざと姿を変えて、つまり変装しているみたいなものか、と解釈してしまいました」

「私が、演算できなかったのは、先生たちが、よく脱走の決心をされたな、という点です」オーロラが僕に言った。「何がきっかけだったのでしょうか?」

「何だったかな?」僕は隣のウグイの顔を見た。

ウグイは、僕の視線を受け止めたあと、無言で小首を傾げた。

「なんとなく……、だったように思いますが」僕は、オーロラに答えた。

「おそらく、相手の陣営の誰も、予想していなかったのではないでしょうか」オーロラが言った。

「でも、そのあとの攻撃は凄まじかったですね」僕は言う。「たしかに、逃げ出した直後に、すぐに追っ手が来たみたいでしたが、そのときは撃ったりしてこなかった」

「演算中だったのです。どう処理すれば良いのか、事前にシミュレーションがされていなかった。先生方が脱出することを、想定していなかったのです」

「そういうものですか」僕は頷いた。「意表を突こう、という意図はありましたけれど……。きっと、ほとんどの可能性は予測されているだろうと。まず、場所をあまり変えない方が良いという方針を立てました」

「なるほど、データ自体を最小限にしたのですね。賢明な判断だったかと」オーロラは言った。

「情報局の援軍は、ちっとも来ませんでした」ウグイが言った。「あれは、どうしてでしょうか？」

「ウグイさんからの連絡は、随時新しいデータとして取り入れていました。でも、すぐに動けない条件が多々ありました。実際に近辺には、局員が少なかったのです。それ以外の処理に勢力を向けていました。主に、あの航空機への対処です」

「何故、攻撃しなかったのですか？」ウグイが尋ねた。

「市街地です。墜落させたら、ただでは済みません。攻撃の許可は、結局最後まで下りませんでした。市街地から離れるまで待て、との指令でした。そうなるまえに、電子的な攻防で、コントロールが奪還されました。あの機体に武器を載せたのは、ウォーカロンの整備員たちで、既に警察に拘束されています。もちろん、彼らには責任はありません。今回のテロは、誰一人、逮捕者は出ない結果になると思われます」

着物の女性が現れ、膳を片づけ、デザートがのった小さな膳と交換した。

「お客様にお電話でございます」一人が僕に言った。彼女は、僕の前に小さな端末を置いた。

ホログラムが目の前に現れた。ヴォッシュである。

「空港で足止めされているんだ。君はどこに？　もう帰ったのかな？」

「いえ、キョートにまだおります」

「だいたいの状況は、さきほど報告を受けたばかりだよ。反世界勢力が稚拙《ちせつ》なことをしてくれたものだ。被害者が出ているのは、重く受け止められるだろう。彼らには、なんの利益ももたらさなかった。まさに計算間違いだ」

「計算間違いで、死ななくて良かったと思います」

「本当に……。マーガリィさんも元気かね?」

「おかげさまで」ウグイが僕の横に顔を寄せて言った。

「ホワイトの発表は、どんなふうに受け止められましたか?」僕は質問した。

「誰がだね?」

「博士ご自身と、それから、参加者全体と」

「私は、なにも」ヴォッシュは首を横にふった。「あの程度のことは、予測できている。既に織り込み済みだよ。あと、参加者はどうかな。あまり良くは受け止められていないように見える。この業界に急な変化があることを、研究者たちは心配している。予算が減らされるんじゃないかってね」

「織り込み済み、つまり、演算されていたのですね?」

「新ビジネスについては、そういうことだ。君のデボラは、演算しなかったのか?」

「ええ、デボラは、ちょっと今、不調で……」

「ふうん、そうか。では、お大事に、と伝えてくれ。あ、伝えなくても、知っているかな。君と、ゲーシャ遊びができなくて残念だった」

「ご冗談を」

「もちろん、冗談だ」ヴォッシュは言った。「どうしたね、少し元気がないように見えるが。ああ、そうか、疲れているのか。いや、悪かった、また帰国してから、ゆっくり連絡することにしよう」

「博士は、お元気ですね。ホワイトの新細胞に、入れ替えるおつもりは？」

「まあ、ゆっくり考えようと思っている」

「冗談ではなく？」

「冗談ではない」ヴォッシュはにっこりと笑った。「君だって、考えた方が良い。まだ、若いんだから」

「ご冗談を」

「真面目な話だ。まあ、これくらいにしておこう。では、また……」

「失礼します」

「あ、そう……、マーガリィさん？」

「はい」ウグイが返事をした。

「頼んだよ」

「え？」ウグイは口を開けたが、そこで電話が切れた。

彼女は、僕の顔を見た。

「何を頼まれたのでしょうか？」ウグイが首を捻る。

「博士と、なにか約束をしたんじゃない？」僕は言った。

ウグイは合点がいかないようだった。

マガタ博士に会ったことは、話せなかった。ヴォッシュも具体的なことは、なにも言っていない。セキュリティの低い連絡方法だったからだ。

疲れているのだろうか……。

たしかに、そんな気持ちになった。

ウグイたちと一緒に走り回ったからではない。たった今、ここで天才と話をしたからだ。頭がフル回転し、今もまだ空回りしていた。

いったい、僕たちはこれから何をすれば良いのか。

導かれたい、と思っていた。誰もがそう思っているだろう。

しかし、天才は手を差し伸べてはくれない。

何と言っていた？

彼女の言葉を、思い出した。

そして、僕は立ち上がった。

そのまま前に歩きだした。引き戸を開け、隣の部屋を横断し、また引き戸を開けた。

庭に面した縁に出る。

下を見ると、木製の履物が置かれていた。二足あった。

一つを履いて、僕は地面に下りた。

長い庇の下から出ると、空が見える。

真っ暗だと思っていたけれど、屋根の上に半分に欠けた月があった。
「先生、どうされましたか？」
僕は振り返る。ウグイが、縁の端まで来ていた。
「月が見える。半分だけれど」僕は言った。
彼女も、履物に足を入れて、こちらへ出てくる。
僕のすぐ横まで来て、空を見上げた。
北極でも、月を見たことを思い出した。
「また、私が暴走し始めた、と思ったんだね？」
「いいえ」ウグイは首をふった。
「キガタは、出てこないね」僕は言う。
「来るなと言いましたから」ウグイは言った。
僕の手に、彼女の手が触れた。僕は、それを握った。
「何故、あのとき、風呂に行ったの？」僕は尋ねた。
彼女は、そこで息を漏らした。たぶん、くすっと笑ったのだろう。
答を聞くことはできなかった。
マガタ博士に導かれたかな、と僕は思った。

エピローグ

ニュークリアに無事に戻ることができたのは、深夜だったが、自室に帰って、シャワーを浴び、ベッドに入っても、なかなか寝つけなかった。躰は疲れているのだが、気が高ぶっているというのか、興奮が醒めない。結局、いろいろなことに考えが巡り、朝方に一時間ほど目を瞑っていただけで、研究室へ出ていくことになった。

助手のマナミが部屋にやってきて、「大変だったのだそうですね」と言った。誰から聞いたのか知らないが、「ああ……」と生返事をした。モニタの前に座り、淹れたてのコーヒーを飲んだが、ちっとも頭が回らない。人間の頭なのだから、コンディションに左右されるのはしかたがないか、とも思ったが、そういう言い訳みたいな理由をちゃんと考えられるのが不思議だった。

結局、この日は誰にも会わなかった。シモダから呼び出しもなかった。こちらから会いにいくのもどうかと思って我慢をする。ウグイも来ないし、キガタも見ていない。おそらく、局員は沢山の会議をして、反省会でも開いているのではないか、と想像した。そういった事情を、僕はいつもデボラから聞いていたのだ。彼女がいないと、なんと世界は静かなことか、と感動するほどだった。この静けさは、悪くはない。

ネットワークや情報機器関連の混乱が完全に治まるまで一週間ほどかかった。最終的には、一般市民が十一名、警官が一名命を落とし、百五十名以上が負傷しているが、これ以上死者が増えることはない、と発表された。

このキョートで起こった事件は、テロではなく、電子機器の暴走による事故として報じられた。すなわち、意図的なものでも、人為的なものでもない。ただ、点検と整備が充分に行われていなかった結果だ、というのだ。かなり強引で、それこそ意図的なものを感じる。マスコミ関係では、某国の陰謀説が人気を集めているようだが、これに関しては日本政府が正式に否定をした。ただ、そのことがかえって人心を煽《あお》る結果となり、キョートでは、百何年か振りという市民集会が開かれ、デモ行進というレトロなイベントが実施されたらしい。

シモダに会ったのは、事件から三日後のことで、彼は減俸、期限付き降格となったと話した。この結果、局長ではなく、副局長になったそうだが、局長は人選されていないので、組織として事実上変化はない、とのことだった。部屋もそのままで、彼自身の様子にも変化はなかった。ただ、僕に対しては深々と頭を下げ、「不始末を深謝します」と言った。

彼にしてみれば、上から通常ルートで伝えられた指令だったわけで、判断ミスがあったとすれば、その不自然さを追及しなかった、というだけだ。違反行為ではないし、不誠実な対応でもなかった。オーロラは予測していたみたいだが、僕としては、処分が妥当とは思えなかった。

「たしかに、なにかおかしいという感覚はありました」シモダは言った。「ちょっと信じられない、そんなことをしても良いのか、と普通なら思います。いえ、現にそう思いました。しかしながら、そういった人間的な感覚は、今の時代は抑制されています。コンピュータが間違えるはずはない、という信仰がある。今回のことは、人工知能神話の崩壊だと言う者もいます」

「神話というのは、きっと何度も崩壊して、修復されて、揺らぎのないものになっていくのでしょうね」僕は言った。「まだまだ、神話というほど確立していなかっただけです」

「ごもっともです」シモダはまた頭を下げた。

デボラについては、情報局への進入を制限しているとのことだった。しばらく、トランスファに対しては、厳重な態勢を取らざるをえない、新たな防御システムについても、早急に立ち上げる、とシモダは語った。

僕自身に、どんな変化があったかというと、しばらく外出禁止となった。散歩に出かけることも自重してほしい、と指示された。

このため、ウグイやキガタに会う機会もなくなり、デボラと議論をすることもできず、さらには、外部との通信も制限レベルが上がったことから、友人や関係者とも連絡が取れなくなってしまった。

それでも、この周囲から隔離された環境は、僕自身は悪くないと感じた。一時的に僕が失踪したことを、友人たちの幾人かは、きっと勘違いしていることだろう。アカマがちょっと話したことからも、それが予想できる。ハギリは、研究に嫌気がさして、秘書と二人で失踪した、という噂が流れただろう。

それは、どこか心温まるストーリィだ。誰の心かというと、それは僕である。

何度も夢を見た。

否、夢ではない。僕は眠れなかった。

繰り返し考えてしまうのは、あのときのことだ。

ウグイが一度ハッチを閉めて、僕に飛びついてきたとき。

ああ、人間というのは、こんな無駄なことをするものだったのか、と思った。

未発見の自然現象を見つけたみたいに、思ったのだ。

それを思い出した。

ウグイの腕力を、まだ躰が覚えていた。

デボラに、教えてやりたくなった。

その感覚を、人工知能がどう理解するのか、どんな理屈で解釈するのか、興味があったけれど、そうではない。理解するものではないのだ。

そこが、大事なところだろう。

何故、大事なのかは、よくわからないけれど、そもそも、わかるものではない、というのが正しい。

否、正しいことなんて、どうだって良い。

そんなことを考え続けているから、眠れなくなるのである。

起きている時間は、頭がぼんやりとしてしまって、仕事にならない。

しかたなく、久し振りにカウンセリングを受けることにした。

僕の顔を見た女医は、にやりと笑った。

「お久し振りじゃないですか」ここで、顎を上げて、トーンを変えて言った。「どうしましたか?」

「いえ、基本的には、健康だと思います。問題も特になくて……、どうしようか迷ったのですが、まあ、暇なときに診てもらった方が良いかと思いまして……」

「暇なんですね?」

「そうでもないんですけれど……、うーん、まあ、症状としては、眠れない。でも、まえのときとは、少し違うんです」

「どう違うの？」

「悪くないのです。いろいろ頭に考えが巡るのですが、悪いことどか、心配なことではない。どちらかというと、うーん、楽しいに近い。笑ってしまうことさえありますね。それで、面白くて、眠れないのです」

「仕事に支障がありますか？」

「仕事は、まあ、幾分ぼんやりしていても、なんとかなります。でも、そうですね、落ち着いて考えられない、というか、うーん、やる気が出ないというか……。だから、すっきりと眠れるようになりたいと思います」

「眠れたら、解決すると思いますか？」

「そうですね」僕は頷いた。

「考えすぎて、寝られないのでは？」

「それは、あると思います」

「楽しいことを、考えているから、心がうきうきするのですね？」

「そうです。ええ……、考えていて、つぎつぎと、いろいろなことを思いついてしまって、やりたいことが沢山あって、それで、寝ている場合ではない、みたいな感じになるのだと思います」

「そこまで、ご自分で分析できるのなら、大丈夫なんじゃないですか？」

「いえ、でも……、やっぱり、仕事をしているときにぼんやりするようでは、本末転倒ではないかと」

「あら、どうして？　仕事が本来で、楽しい妄想はいけないことなの？」

「え、そうじゃないのですか？」

「私が決めることではないの。貴方《あなた》が決めないと」

「うーん。難しいなあ、それは。でも……、このまま長く続いたら、きっと良くないと思います。やっぱり、普通の生活に戻さないと……。薬を飲んで、ぐっすりと寝たら、解決すると思います」

「いやぁ、どうかなぁ……。それよりは、運動をした方が良いと思いますよ。適度な疲労があった方がよろしいわ」

「そうですね、最近、散歩もしていなくて、運動不足だとは思います」

女医は、僕の顔をじっと見ていた。僕も、話すことがなくなったので、黙ってしまった。ぼんやりしているためか、何を話せば良いのかも思いつかない。

「うーん、こんなことを申し上げるのは、どうなのかしらって、少し思うんですけれど、まあ、こういうのは、よくある症状なんですよ。あまり気にしないこと。はっきり言うと、軽度です」

「やっぱりそうですか……」僕は頷いた。想定していた診断結果だ。

「あと、これも、余計なことなんですけれど、多いんですよ、近頃、こういう例が」

「寝られないという症状ですか？　ああ、みんなが悩んでいるのですね」

「そうそう。ついさっきも、そういう方が見えましたよ。夜に好きな人のことを考えてしまって寝られないって」女医はそこで片目を瞑り、にやりと笑うのだ。「貴方のも、そうじゃないの？」

「違いますよ」僕は首をふった。

「そうかしら？」彼女は大袈裟に首を傾げる。四十五度以上傾いた。

「あの、わかりました」僕は、もう帰ろうと考えていた。「もう少し様子を見て、実際にどこか悪くなったら、また来ます」

僕は立ち上がった。

「なんだったら、ご紹介しましょうか？」女医が妙な声色で言った。

「え、専門医をですか？」僕はきく。

「違いますよ」女医は、そこで突然声を上げて笑った。そして、笑い声で続ける。「その同じ症状の患者さんをですよ」

「患者？　誰ですか？」

「このまえ、先生と一緒に来た子ですよ」

「え?」

「眠れないんですって……」笑っていた彼女は、急に膨《ふく》れっ面《つら》になった。「まったく、少しは私の身にもなって下さいよ」

森博嗣著作リスト

（二〇一八年十月現在、講談社刊）

◎S&Mシリーズ

すべてがFになる／冷たい密室と博士たち／笑わない数学者／詩的私的ジャック／封印再度／幻惑の死と使途／夏のレプリカ／今はもうない／数奇にして模型／有限と微小のパン

◎Vシリーズ

黒猫の三角／人形式モナリザ／月は幽咽のデバイス／夢・出逢い・魔性／魔剣天翔／恋恋蓮歩の演習／六人の超音波科学者／捩れ屋敷の利鈍／朽ちる散る落ちる／赤緑黒白

◎四季シリーズ

四季　春／四季　夏／四季　秋／四季　冬

◎Gシリーズ

φ《ファイ》は壊れたね／θ《シータ》は遊んでくれたよ／τ《タウ》になるまで待って／ε《イプシロン》に誓って／λ《ラムダ》に歯がない

／η《イータ》なのに夢のよう／目薬α《アルファ》で殺菌します／ジグβ《ベータ》は神ですか／キウイγ《ガンマ》は時計仕掛け
／χ《カイ》の悲劇／ψ《プサイ》の悲劇

◎Xシリーズ
イナイ×イナイ／キラレ×キラレ／タカイ×タカイ／ムカシ×ムカシ／サイタ×サイタ
／ダマシ×ダマシ

◎百年シリーズ
女王の百年密室／迷宮百年の睡魔／赤目姫の潮解

◎Wシリーズ
彼女は一人で歩くのか？／魔法の色を知っているか？／風は青海を渡るのか？／デボラ、眠っているのか？／私たちは生きているのか？／青白く輝く月を見たか？／ペガサスの解は虚栄か？／血か、死か、無か？／天空の矢はどこへ？／人間のように泣いたのか？（本書）

◎短編集
まどろみ消去／地球儀のスライス／今夜はパラシュート博物館へ／虚空の逆マトリクス／レタス・フライ／僕は秋子に借りがある　森博嗣自選短編集／どちらかが魔女　森博嗣シリーズ短編集

◎シリーズ外の小説
そして二人だけになった／探偵伯爵と僕／奥様はネットワーカ／カクレカラクリ／ゾラ・一撃・さようなら／銀河不動産の超越／喜嶋先生の静かな世界／トーマの心臓／実験的経験

◎クリームシリーズ（エッセイ）
つぶやきのクリーム／つぼやきのテリーヌ／つぼねのカトリーヌ／ツンドラモンスーン／つぼみ茸ムース／つぶさにミルフィーユ／月夜のサラサーテ（二〇一八年十二月刊行予定）

◎その他
森博嗣のミステリィ工作室／100人の森博嗣／アイソパラメトリック／悪戯王子と猫

の物語（ささきすばる氏との共著）／悠悠おもちゃライフ／人間は考えるFになる（土屋賢二氏との共著）／君の夢　僕の思考／議論の余地しかない／的を射る言葉／森博嗣の半熟セミナ　博士、質問があります！／庭園鉄道趣味　鉄道に乗れる庭／庭煙鉄道趣味　庭蒸気が走る毎日／DOG&DOLL／TRUCK&TROLL／森籠もりの日々／森には森の風が吹く（二〇一八年十一月刊行予定）

☆詳しくは、ホームページ「森博嗣の浮遊工作室」
（http://www001.upp.so-net.ne.jp/mori/）を参照

冒頭および作中各章の引用文は『闇の左手』〔アーシュラ・K・ル・グィン著、小尾芙佐訳、ハヤカワ文庫〕によりました。

講談社
タイガ

〈著者紹介〉

森 博嗣（もり・ひろし）
工学博士。1996年、『すべてがＦになる』（講談社文庫）で第１回メフィスト賞を受賞しデビュー。怜悧で知的な作風で人気を博する。「Ｓ＆Ｍシリーズ」「Ｖシリーズ」（共に講談社文庫）などのミステリィのほか『スカイ・クロラ』（中公文庫）などのＳＦ作品、エッセィ、新書も多数刊行。

人間《にんげん》のように泣《な》いたのか？

Did She Cry Humanly?

2018年10月22日　第１刷発行　　定価はカバーに表示してあります

著者…………………森《もり》 博嗣《ひろし》

発行者…………………渡瀬昌彦
発行所…………………株式会社 講談社
〒112-8001 東京都文京区音羽2-12-21
編集03-5395-3506
販売03-5395-5817
業務03-5395-3615

本文データ制作…………講談社デジタル製作
印刷…………………株式会社ＫＰＳプロダクツ
製本…………………株式会社国宝社
カバー印刷……………慶昌堂印刷株式会社
装丁フォーマット………ムシカゴグラフィクス
本文フォーマット………next door design

ISBN978-4-06-513594-5　N.D.C.913　304p　15cm

工学×ミステリィ

えた傑作小説》

単独歩行者《ウォーカロン》と呼ばれる人工生命体。
演算を重ね続ける人工知能たち。
彼らと人間に違いはあるのか？

風は青海を渡るのか？
The Wind Across Qinghai Lake?

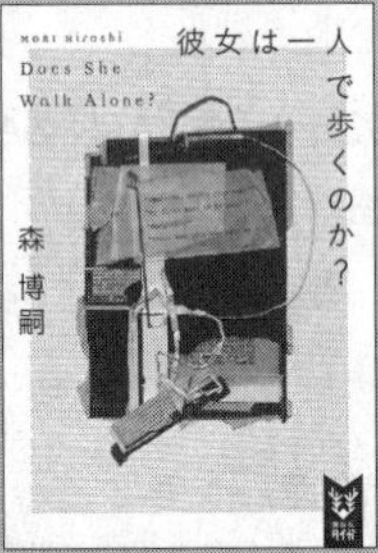

彼女は一人で歩くのか？
Does She Walk Alone?

デボラ、眠っているのか？
Deborah, Are You Sleeping?

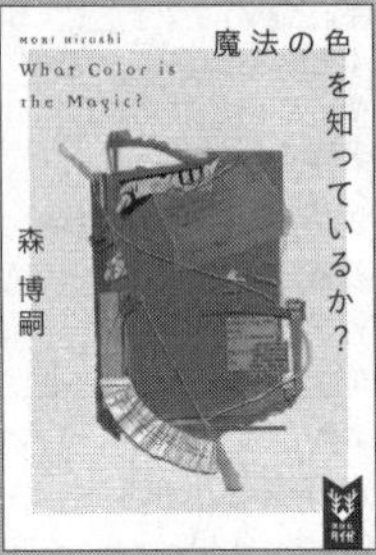

魔法の色を知っているか？
What Color is the Magic?

森博嗣 MORI Hiroshi

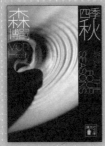

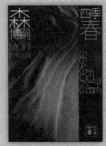

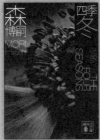

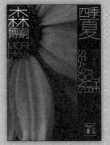